LES YEUX COULEUR DE PLUIE

Née en 1980, la Bretonne Sophie Tal Men est neurologue à Lorient. *Les Yeux couleur de pluie* est son premier roman.

SOPHIE TAL MEN

Les Yeux couleur de pluie

ROMAN

ALBIN MICHEL

ISBN : 978-2-253-07117-4 – 1re publication LGF

À Pierrick, Milla, Axel et Arthur

«Il pleuvait sans cesse sur Brest ce jour-là
Et tu marchais souriante
Épanouie ravie ruisselante
Sous la pluie [...]
Sur ton visage heureux
Sur cette ville heureuse
Cette pluie sur la mer
Sur l'arsenal
Sur le bateau d'Ouessant»

Jacques PRÉVERT, «Barbara», *Paroles.*

1

L'amphithéâtre de garnison

Cet après-midi, j'ai rendez-vous dans un amphithéâtre de garnison à Lognes, en Seine-et-Marne, pour décider de mon avenir. Le mot « garnison » ne me dit rien qui vaille. Contre qui, contre quoi vais-je devoir me battre ? Sans doute contre mon angoisse de partir de chez moi pour la première fois. Si j'avais mieux réussi mon concours de l'internat[1], je ne me poserais pas toutes ces questions, je n'aurais que l'embarras du choix ! Mais il a fallu que je me trompe sur une banale fracture du poignet… J'ai répondu fracture de « Pouteau-Colles » au lieu de « Goyrand-Smith » », et ça m'a coûté 500 places. Résultat des courses, je suis classée 1998e. « Comme la victoire de la France à la Coupe du monde de football ! » m'a sorti mon père qui a vraiment le don de se réjouir de tout ! Se rend-il compte qu'il y a 1997 étudiants qui choisissent avant moi ? Pas sûr…

1. Concours national en fin de sixième année. En fonction du classement, l'étudiant choisit sa spécialité et sa ville d'affectation. *(N.d.A.)*

Je pourrais sans doute rester à Grenoble en optant pour une spécialité moins demandée, comme la médecine légale ou la médecine du travail. Dois-je néanmoins renoncer à mon rêve par peur du déménagement ? Ai-je fait six ans d'études de médecine pour baisser les bras maintenant ? Non. Je vais obtenir une place d'interne en neurologie ; mais pour cela, je n'ai pas d'autre choix que de faire des concessions. À commencer par oublier mes montagnes…

Cela fait deux heures que nous sommes séquestrés dans ce hangar vétuste qui n'a d'amphithéâtre que le nom.

Mon tour approche et, sur l'écran blanc en face de moi, les places d'internes en neurologie s'amenuisent à vue d'œil. Il ne reste plus que cinq villes disponibles et je n'arrive pas à toutes les situer sur la carte de France.

Je commence à m'agiter sur ma chaise, il va bientôt falloir que je prenne la parole, que je fasse un choix.

— Arrête de stresser, me nargue ma sœur Mathilde. On dirait que tu vas repasser le concours… Tout ce qu'on te demande, c'est de choisir une ville sur un tableau !

— C'est facile à dire, toi qui n'es jamais allée plus loin que Grenoble ! Aide-moi au lieu de te moquer ! Que dois-je dire ? Tu irais où à ma place ? Besançon ? Nancy ?

Une voix grésillante sort du haut-parleur placé au-dessus de nos têtes : « Marie-Lou Alessi… »

— Mince, c'est déjà mon tour ! Mathilde…, gémis-je.

— Choisis Brest ! Là-bas, il y a la mer au moins…

Au moins ? Qu'est-ce qu'elle entend par « au moins » ?

— Brest, dis-je dans un couinement mal assuré.

« Brest ? » s'enquiert cet horrible haut-parleur.

— Hum, hum…

Mathilde se met à glousser d'un rire nerveux qui secoue ses épaules. Elle fait toujours ça quand elle est stressée, ce qui m'agace prodigieusement.

J'enfouis mon visage dans mes mains, je suis bouleversée. Je n'y crois pas ! Comment ai-je pu répondre Brest ? Qu'est-ce qui m'a pris ? C'est où déjà, Brest ?

Les larmes affluent, Mathilde me caresse doucement les cheveux.

Internée à Brest ! Euh, interne à Brest !

— Relativise, tu ne vas pas au bout du monde ! me souffle ma sœur. Ce n'est pas comme si tu n'avais rien ! En plus, tu as de la chance, il paraît que la région est magnifique !

Elle veut se débarrasser de moi ou quoi ?

— C'est gentil, mais je ne pars pas en vacances ! J'ai signé pour quatre ans, peut-être plus…

Ce n'est peut-être pas le bout du monde, mais c'est le bout du mien !

2

Ici, ça sent l'iode !

La joue appuyée contre la vitre froide et humide du train, je m'abandonne.

Les champs défilent sous mes yeux. Depuis trente minutes, je ne vois que du vert… L'automne est moins avancé par ici. Seules les fougères rougissent le long de la voie ferrée et cela suffit à me dépayser. Quelques fermes en pierre aux toits d'ardoise sont disséminées par-ci par-là. J'imagine une petite grand-mère bretonne sur le perron avec sa blouse à fleurs et ses sabots, et je me surprends à sourire.

Pas de spleen à l'horizon… Être curieuse et positive… Je me répète tout bas : « Curieuse et positive… »

Donner raison à Patrick Alessi même si mon père a le don de m'énerver avec ses évidences : « La région est magnifique. » Il n'y a jamais mis les pieds mais les clients bretons qu'il véhicule en taxi ont dû le lui raconter.

« Les côtes bretonnes sont plus sauvages que celles de la mer Méditerranée, tu verras. »

Mes parents me manquent déjà.

La saison d'hiver à peine terminée, à coup sûr, ils vont débarquer en taxi blanc. Celui avec l'appuie-tête rembourré pour Maman et le GPS intégré pour Papa.

Helena dévalisera l'étal de sa boucherie et remplira le coffre de victuailles pour sa fille toute dénutrie.

Eh oui, l'affection passe avant tout par la nourriture chez les Alessi !

— L'arrivée à Brest est magique, d'habitude ! s'exclame mon voisin. La voie ferrée domine la rade, et la mer s'offre à nous, juste à ce virage. Dommage qu'il y ait du brouillard aujourd'hui… On ne voit rien.

En quelques minutes, le paysage a totalement disparu. Le train est comme encerclé par de la vapeur d'eau, blanche et épaisse.

— Ah…, dis-je, un peu inquiète. C'est étrange, ces nappes de brouillard, il n'y en avait pas à l'intérieur des terres. C'est courant ici ?

— Oui, très fréquent, vous verrez… Vous allez vous y faire !

Hum… Pas sûr…

Ça fait cliché, mais à peine un pied à terre, j'entends les mouettes ! J'ai l'impression qu'elles me narguent : « Ha ha ha, Marie-Lou débarque chez nous ! Qu'elle a l'air godiche avec sa doudoune et ses après-ski ! »

Bon, effectivement je fais tache. Le fond de l'air est plus doux que je ne le pensais pour un mois d'octobre et je commence à transpirer sérieusement dans mes bottes fourrées.

Je ferme les yeux et respire un bon coup. Ici, ça sent l'iode !

J'accroche mon vélo à un lampadaire devant la gare. J'irai le rechercher ce soir.

Tenir le guidon d'une main et la valise dans l'autre me semble mission impossible.

Surtout quand on doit déchiffrer un plan sur un écran de téléphone !

« 9, rue du Bois-d'Amour. »

S'il n'y avait eu que l'adresse sur l'annonce du site de la faculté, j'aurais signé de la même manière. Avec un nom comme ça, je vais forcément m'y sentir bien.

Anna, ma future colocataire, est interne dans le même hôpital que moi. Elle m'a paru plutôt sympathique au téléphone. En tout cas, pas trop névrosée. C'est déjà ça…

J'ai tout de même un peu d'appréhension à l'idée d'emménager avec une illustre inconnue.

Je traîne ma grosse valise à roulettes sur le macadam, elle a bien du mal à passer les trottoirs.

Ça pèse, une vie qu'on déménage !

Il y a des odeurs de port de pêche, l'essence se mêle au poisson. Étonnant mélange et tellement dépaysant.

Bonne ou mauvaise nouvelle, l'appartement du 9 de la rue du Bois-d'Amour est au-dessus d'un bar.

La façade est grise comme la plupart des immeubles de la rue.

Anna m'a parlé du dernier étage. Cela tombe bien, c'est le seul niveau où il y a un balcon. La rambarde bleu ciel lui donne un certain charme.

Je ne sais pas quoi penser du bar. L'enseigne vétuste et les rideaux en dentelle en devanture indiquent plutôt un bistrot de quartier qu'un lieu « branché ». Ce n'est pas plus mal après tout.

Autre curiosité et pas des moindres, le bistrot s'appelle *le Gobe-mouches.* Pas très engageant.

Ne surtout pas réfléchir aux jeux de mots et aux sous-entendus, je suis trop fatiguée pour cela.

3

Le Gobe-mouches

Une grande brune d'un mètre quatre-vingts m'ouvre avant même que je sonne. J'en déduis que c'est Anna. Elle me regarde en souriant avec ses immenses yeux marron, ronds comme des billes. On dirait Betty Boop avec sa coupe à la garçonne et ses pommettes hautes.

— Ah, c'est toi Marie-Lou ? Justement, je me demandais à quelle heure tu arrivais !

Je remarque aussitôt son trench noir serré à la taille, ses grosses montures Gucci faisant office de serre-tête. Une vraie gravure de mode. Je me sens encore plus piteuse.

— Oui… J'arrive tout juste de la gare, dis-je timidement en fixant mes bottes.

— Bienvenue, alors ! Attends, je préviens Matthieu que j'aurai du retard et je te fais visiter.

Elle sort son téléphone de son grand sac en cuir qu'elle tient au pli du coude.

— Allô ? Je n'aurai finalement pas le temps de boire un verre avant ma garde. Ouais… Marie-Lou, ma nouvelle coloc', tu sais… Elle vient d'arriver. Je vais lui faire visiter… OK. Et n'oublie pas qu'on est deux maintenant. Ne débarque plus à l'improviste, surtout avec ton chien… Ciao.

Je lui adresse un petit sourire, elle me répond par un clin d'œil.

— … Mon cousin, tout un poème !

Elle attrape ma valise et me montre du doigt l'escalier.

— Vas-y, je te suis. Il n'y a pas d'ascenseur !

Ça sent bon la cire dans la cage d'escalier. Je ferme les yeux et respire l'odeur du chalet familial. Je me croirais presque chez moi.

L'appartement est une vraie surprise. Un mélange de *Elle décoration* et de *Côté Ouest* dans sa version bohème.

Le parquet a été poncé et peint en blanc, c'est tout de suite plus lumineux. Les murs de l'entrée sont recouverts d'une peinture rouge et brillante. Le ton est donné : qui s'y frotte s'y pique ! Plusieurs photographies de phares au milieu de la tempête sont affichées un peu partout comme dans une galerie.

À droite de l'entrée, une grande porte battante donne sur le salon. Un matelas surmonté d'une tonne de coussins fait office de canapé. Il est recouvert d'un tissu indien dans les tons rouges et noirs. Je cherche des yeux le narguilé. Non, je n'en vois pas.

Des photographies de coques de bateaux, de hangars portuaires, de bouées multicolores se détachent des murs blancs. Je ne vois pas de signature. Ma main à couper que c'est Anna qui les a prises.

Deux palettes en bois sont empilées en guise de table basse au milieu de la pièce. J'aperçois un livre sur Gustav Klimt et une BD d'Enki Bilal.

Ma chambre est dans le même registre. Un petit bijou de décoration, chaleureux, et meublé façon système D.

Un grand matelas est disposé à même le sol, des tonneaux en fer ont été retournés pour servir de tables de nuit. Anna m'explique qu'elle vient de chiner le bureau. Elle l'a repeint d'une lasure couleur océan.

— J'adore ma chambre. C'est une chance d'avoir trouvé ton annonce.

— Contente que cela te plaise ! me répond Anna, rassurée. Tu es ma première colocataire. Je viens de récupérer l'appartement de ma grand-mère, elle est entrée en maison de retraite cet été.

— C'est chouette, la déco.

— Merci. Mon cousin m'a pas mal aidée, surtout pour les tâches ingrates : repeindre les plafonds, poncer le parquet… Tes idées sont les bienvenues, décore ta chambre comme tu veux, il faut que tu te sentes chez toi !

Mon dépaysement se ressent tant que ça ? Une petite orchidée blanche trône sur l'appui de fenêtre. Je la regarde pensivement. Elle a deux branches en fleur, les pétales sont striés de fines lignes jaunes. Comment Anna a-t-elle su que c'était ma fleur préférée ? C'est un signe.

Elle sort me chercher ma valise, je l'entends crier dans le couloir.

— Avant de défaire tes bagages, tu veux un thé ? Je m'en prépare un à la violette.

Cela m'aurait étonnée qu'elle me propose du Earl Grey basique ou même un café.

— Oui, s'il te plaît.

Je la suis dans la cuisine et m'affaisse sur la chaise.

Cette pièce est particulièrement vintage avec ses meubles en formica blanc. Un lustre composé de grosses ampoules multicolores est suspendu au-dessus de la table.

Sur le mur bleu clair sont accrochés des portraits en noir et blanc. Certains datent du début du siècle. La famille d'Anna, je présume.

Les coudes sur la table, je me masse le front et me frotte doucement les paupières.

Ça y est. Je vais enfin pouvoir me poser.

Le voyage a été long, j'ai été sous tension pendant tout le trajet. L'appréhension de l'inconnu… Je suis enfin dans mon nouveau chez-moi.

— Oh, tu sembles rincée ! s'exclame Anna en se tournant vers moi. Je vais te laisser tranquille ce soir, je suis de garde. Tu vas pouvoir te coucher tôt. Si tu veux commander une pizza, je vais te donner le numéro. *Elle est vraiment aux petits soins, un peu comme dans une chambre d'hôte.* Par contre, on peut déjeuner ensemble demain si tu veux. Ça m'embête de ne pas pouvoir t'accueillir comme il faut.

— Non, ce n'est rien. Comme tu dis, je suis fatiguée.

— Tu as remarqué le bistrot juste en bas ?

— *Le Gobe-mouches ?* réponds-je d'un air narquois.

— Oui, ce n'est pas très alléchant au premier abord, mais Yvonne et Francis font des spécialités locales qui valent le détour. Je te déconseille néanmoins leur alcool éponyme à l'heure de midi, tu dormirais jusqu'au soir !

Elle ne croit pas si bien dire, je ne tiens pas du tout l'alcool. Une catastrophe !

J'observe ma colocataire s'affairer. Ses gestes sont rapides et précis, le thé est servi en deux temps trois mouvements.

Je suis vraiment curieuse de la connaître.

— Tu es interne dans quelle spécialité ?

Elle paraît surprise par ma question, sa tasse reste suspendue à ses lèvres.

— Devine, si je te dis que ce n'est pas très féminin…

— Je ne sais pas. Chirurgie orthopédique ? Médecine légale ? dis-je en rigolant.

— Découper des macchabées à longueur de journée ? Beurk… Non, renchérit-elle en s'asseyant face à moi. Je fais chir' viscérale, je suis en troisième année. Et toi ?

— Neurologie… Enfin, on verra bien si ça me plaît.

Elle hausse les sourcils.

— Belle spécialité, mais pas assez de gestes pour moi. Pas assez de traitements non plus… Une intello, alors ! s'exclame-t-elle.

— Faut croire…

Le mot « neurologie » engendre toujours la même réaction. J'aurais choisi psychiatrie, cela aurait été la même chose.

— Je suis contente d'avoir une coloc', conclut-elle. Je vais te présenter plein de monde ! Tu as devant toi la présidente de l'internat. Oui, m'dame ! La responsable des soirées les plus arrosées du Finistère ! Pourtant, il y a de la concurrence…

— Je ne connais pas grand-chose de Brest mais effectivement cette réputation quant à l'alcool est connue jusqu'en Savoie.

Cette fille n'a pas fini de m'impressionner. C'est un vrai personnage, je fais totalement coincée à côté.

Je regarde le plan du centre-ville sur mon téléphone, je semble tout près de la rue de Siam.

Anna m'a planifié tout un parcours pour découvrir la ville. Elle m'a conseillé de remonter cette rue jusqu'à la place de la Liberté, puis de continuer par la rue Jean-Jaurès.

J'ai l'impression qu'elle m'a plus concocté un itinéraire « shopping » vu les enseignes qui se succèdent.

En bas de la rue de Siam, un belvédère surplombe le port et le château. La rivière rejoint la rade à ce niveau. La Penfeld, d'après le plan. On aperçoit les gigantesques grues bleues au loin dans le brouillard.

Je m'arrête sur un banc. J'ai besoin de me poser pour m'imprégner des lieux. Le ciel est plombé, il n'y a pas un souffle de vent.

Si je m'en réfère au plan, lundi matin, je devrai emprunter le pont derrière moi pour me rendre à l'hôpital.

En remontant la rue, je suis attirée par une enseigne des plus *Breizh style* avec des triskels dessinés sur la devanture.

Le mannequin de la vitrine me salue. On dirait un épouvantail ! Il porte un ciré jaune avec des grandes poches sur le côté et une large fermeture éclair blanche. Ce vêtement intemporel est l'image même que je me faisais du vêtement breton. Le « dress code » des pêcheurs que je m'attendais à trouver sur le port de Brest. À coup sûr, il doit être complètement étanche, coupe-vent et pas trop chaud. Trois qualités requises par ici, j'imagine.

Il me le faut ! Bon, je ne serai peut-être pas très sexy, je vais jurer à côté du trench de ma colocataire… Tant pis, j'assume !

Tandis que j'essaye le modèle XS, le vendeur s'approche de moi en souriant. Je nage dedans. On dirait que j'ai enfilé une nappe jaune en toile cirée !

— Il taille très grand. Il vous faudrait plutôt le modèle junior.

Je le regarde, un peu vexée.

— Ils font un mètre soixante-dix les juniors par chez vous ?

— Il faut croire ! Les marins sont plutôt costauds. Ne vous inquiétez pas, vous n'êtes pas la seule. C'est plutôt une histoire d'épaules que de taille… *J'acquiesce timidement.* Voulez-vous que je vous le commande ? Je devrais le recevoir fin de semaine prochaine.

Je sors du magasin en ayant l'impression d'avoir rajeuni d'un seul coup.

Je déambule dans les rues sans trop regarder le plan. Est-ce une impression, ou tout se ressemble ?

Où sont les arbres ? Comme dirait mon professeur de dessin, le paysage est minéral.

Tout a été détruit pendant la guerre, cela se voit. Les façades datent des années cinquante. Certaines ont le crépi qui s'effrite et les huisseries en bois qui font grise mine.

J'ai du mal à positiver, la nuit tombe déjà, il est dix-sept heures, et le brouillard devient de plus en plus épais. Il vaut mieux que je rentre à l'appartement car je vais broyer du noir.

Je ne perçois plus qu'un enchevêtrement de ponts, de grues, de rails de tram. L'angoisse monte.

Vais-je un jour me sentir chez moi ici ? Tout est tellement différent.

En arrivant place de la Liberté, je reconnais la grande tour de granit grise. Je suis donc tout près de la rue du Bois-d'Amour.

L'enseigne du *Gobe-mouches* enveloppe la rue d'une lueur orangée, le gris se dissipe.

Si je limite mon chez-moi à cette rue, tout va bien… Demain sera un autre jour.

À peine Anna a-t-elle poussé la porte du bistrot que tout le monde se tourne vers elle pour la saluer. Je ne suis pas plus étonnée que ça.

— Hé, belle Anna ! Comment que c'est ? s'exclame un grand blond assis au comptoir.

Il lui manque quelques dents de devant, les autres sont dans un sale état. Il a un de ces looks improbables qu'on ne trouve probablement qu'au *Gobe-mouches*.

Une casquette orange délavée vient légèrement courber le haut de ses oreilles. Quelques longues mèches filasse tourbillonnent jusqu'aux épaules.

Il porte un tee-shirt blanc. *Enfin, presque blanc.* Sur le devant, est imprimé en grosses lettres : « RECHERCHE FEMME PARFAITE ». *Hum…*

Une saucisse sur pattes ronfle à ses pieds. Ce teckel doit être croisé avec une espèce non identifiée. *Mystère.*

— Bonjour, Jo ! Tu t'es mis sur ton trente et un, aujourd'hui ! le taquine Anna. Toujours célibataire ?

— Bah oui, je ne sais pas ce qu'elles attendent…

On s'assoit à l'une des grandes tables en bois massif où déjeunent déjà quatre personnes. L'imposante tenancière nous interpelle.

— Anna, tu nous fais les présentations ? Elle est « cocotte » ta copine !

— Oui, bien sûr. Voici Marie-Lou, ma nouvelle coloc'.

La grosse femme fronce le nez et les sourcils dans ma direction. Je me rends compte que c'est sa façon de sourire et lui réponds aussitôt. Son front disparaît sous d'épais cheveux frisés noirs qui remontent presque à la verticale. Un peu comme s'ils étaient électrifiés. J'ai du mal à distinguer ses yeux tant ses paupières s'affaissent. Ses pommettes forment deux boules rouge violacé. On dirait des petites pommes bien mûres.

— Marie-Lou, voici Yvonne, ma charmante voisine.

Cette dernière soulève deux verres à pied du comptoir, ses mains boudinées tremblent légèrement et font danser la peau sous ses bras.

— J'vous sers deux « Gobe-mouches » alors, pour fêter l'arrivée de Marie-Lou !

C'est adorable, quel accueil ! Comment refuser ça ?

— Avec plaisir, merci, dis-je timidement. *Mon programme de l'après-midi est donc tout trouvé : sieste.*

— Tu viens d'où, Marie-Lou ? m'interpelle Jo, toujours au comptoir.

C'est bien, tout le monde peut participer à la conversation ! Tout le quartier va être au courant comme ça.

— De Haute-Savoie, le village d'Arâches plus précisément.

— Hou, c'est loin... Je ne suis jamais allé plus loin que Pontivy, moi !

Sa remarque fait rire tout le monde. Ce n'est effectivement pas très loin. Je me rappelle être passée par là en TGV trente minutes avant d'arriver.

Je ne peux m'empêcher de sourire en regardant Jo, il n'a même pas pris le temps d'enfiler ses chaussures. On voit ses chaussettes en laine dépasser à travers de vieilles charentaises trouées.

Son chien s'approche de la table en dodelinant, ses longues oreilles flasques traînent par terre. Je remarque une tache rose sur son dos, une sorte de tonsure circulaire, les poils ont quasiment disparu. *Beurk, c'est une teigne ?*

Je le repousse discrètement avec ma botte, je n'ai pas très envie qu'il se frotte à moi. Cela n'a pas l'air de l'étonner plus que ça, il repart tranquillement en direction du bar en remuant la queue.

Jo le caresse doucement avec le dos de sa pantoufle, il me fixe en souriant et lève son verre à ma santé :

— Yec'hed mat !

Je fais de même en me remémorant les quelques mots de breton que j'ai pu lire sur Internet, la veille au soir.

Anna me regarde, amusée.

— Tu vois, tu n'as pas besoin d'aller très loin pour être dépaysée ! Juste en bas de chez nous !

— Je n'en demandais pas tant !

— Raconte-moi d'où tu viens, le petit village de Haute-Savoie…

— Eh bien, Arâches est perché à mille mètres d'altitude au-dessus de la vallée de l'Arve. Sais-tu que je suis la première depuis deux générations à quitter le village ?

— Non ?

— Ne te moque pas, dis-je en rigolant. Mes arrière-grands-parents Alessi s'y sont installés en 1936. Ils auraient été les premiers habitants de la station d'après mon père.

— Une Heidi des temps modernes ?

— C'est ça…

— J'adore ! Ils faisaient quoi, tes grands-parents, tout seuls là-haut ?

— L'hiver, ils fabriquaient en sous-traitance des pièces de montres pour les horlogers de la vallée. Au printemps, ils élevaient de grosses vaches tarentaises qui redescendaient à l'automne pour rejoindre les fermes de La Frasse. La meilleure viande de tout le pays, à en croire mon père. Je le soupçonne de déformer un peu la réalité, sans doute ses origines italiennes. En tout cas, je défends à quiconque de le contredire.

Anna éclate de rire.

Tout en dégustant une bonne échine de porc aux cocos de Paimpol, j'apprends à connaître cette grande brune pétillante. Le verre de « Gobe-mouches » commence à me chauffer les joues et à me rendre plus loquace. Je lui décris ma vie d'avant, l'ancienne

Marie-Lou avec ses certitudes et ses ambitions. Anna me raconte l'internat, sa ribambelle de gais lurons qui arpentent à la fois les couloirs de la faculté et ceux de l'hôpital. « Les docteurs Jekyll et mister Hyde », comme elle dit. Elle me dépeint sa ville, le « Brest même », celui qu'on trouve moche au premier coup d'œil et qu'on n'arrive plus à quitter ensuite.

Comme si elle voulait me le vendre. Je n'ose pas lui avouer mon coup de spleen d'hier soir, même si je suis certaine qu'elle comprendrait.

Les yeux brillants de Jo me déshabillent. Et si j'incarnais sa femme parfaite ?

Sauve-qui-peut !

4

Le cow-boy en K-way

J'ai l'impression de refaire ma rentrée au CP : une nouvelle école, de nouveaux copains…

En bachotant l'internat, j'ai appris les bases de la neurologie, les connaissances livresques comme on dit, mais je ne suis jamais vraiment passée à la pratique.

Mon stage d'externat[1] à Grenoble remonte à deux ans, je n'en ai aucun souvenir précis.

Une heure pour me rendre à l'hôpital à vélo, j'ai vu large. J'accélère les coups de pédale et repense au site Internet :

« Ouvert en 1996, l'hôpital de la Cavale Blanche, d'une capacité de 700 lits, offre aux populations ouest-bretonnes un plateau technique de soins parmi les plus modernes d'Europe, dans un environnement architectural à dimension humaine, inventif, chaleureux et convivial. »

---

1. Période désignant les quatrième et cinquième années de médecine, où les étudiants sont en stage à l'hôpital dans les différents services. Elle précède l'internat. *(N.d.A.)*

C'est vrai que les quelques personnes que j'ai croisées ce week-end ont été plutôt avenantes.

Je tiens mon téléphone dans ma main droite, l'auriculaire posé sur mon guidon.

Je n'entends pas le coup de klaxon venant de la droite et me retrouve les quatre fers en l'air dans le caniveau. Je mets quelques secondes à réaliser ce qui m'arrive et baisse les yeux pour voir l'ampleur des dégâts. Mon poignet droit. Il n'a pas l'air déformé. Pas de sang non plus. C'est le principal. Ma doudoune, elle, est complètement déchirée au niveau de l'avant-bras. Impossible à recoudre comme matière.

L'automobiliste court vers moi, la mine renfrognée. Il n'a pas l'air commode ce géant aux cheveux longs.

— Ça ne va pas, la tête ? Vous ne connaissez pas la priorité à droite ?

— Euh, pardon, dis-je en grimaçant.

Je viens d'essayer de me relever et mon poignet me fait horriblement mal. Bon, je retire ce que j'ai dit ou plutôt pensé, je n'ai pas croisé que des gens chaleureux !

— Vous m'avez fait très peur, soyez plus prudente à l'avenir.

Il retourne à sa voiture en fulminant. *Quel con celui-là, avec sa dégaine de cow-boy en K-way !* Il aurait au moins pu me demander si j'allais bien !

Je retrouve mon portable cinq mètres plus loin. L'écran est en mille morceaux mais le plan est toujours affiché telle une toile d'araignée.

Je remonte sur mon vélo et range mon portable dans ma poche.

J'ai envie de pleurer, mon poignet commence à gonfler et j'ai du mal à tenir mon guidon.

Dans le grand hall, j'aimerais tout de suite attraper une blouse blanche et cacher la misère. Il va falloir attendre un peu.

Je regarde toutes les pancartes, il y en a un paquet.

Service de neurologie, troisième étage, bâtiment 2.

En sortant de l'ascenseur, les néons du plafond m'éblouissent. Bienvenue dans l'ambiance aseptisée hospitalière. On est loin des murs rouges et des couvertures indiennes…

Je me dirige vers le comptoir d'accueil. Une jeune femme blonde me regarde par-dessus ses petites lunettes.

— Bonjour, je suis Marie-Lou Alessi, une des internes du service. Savez-vous où je dois me présenter ?

— Bonjour, mademoiselle, me répond-elle d'une voix de standardiste. Vous pouvez vous asseoir là… Mme Bénard, la cadre du service, va vous recevoir.

Elle me désigne des fauteuils, où une jeune femme attend déjà. Une grosse valise à roulettes est posée à ses pieds.

Je ne suis sans doute pas la seule à débarquer aujourd'hui.

Elle me dévisage d'un air inquiet. Ses yeux ne peuvent s'empêcher de fixer l'extrémité de ma manche droite.

Quand je m'approche, elle me sourit timidement.

— Bonjour, tu es interne dans le service ?

— Oui. J'arrive tout juste, me dit-elle en me montrant sa valise.

— Tout comme moi… Ne te formalise pas de ma tenue, soupiré-je. Je viens de me gaufrer à vélo, je suis plus coquette d'habitude.

— Ah oui, je me demandais. Je m'appelle Farah Youssef.

— Moi, c'est Marie-Lou.

— Si tu veux, j'ai un jean dans ma valise. Il sera peut-être un peu court mais tu seras plus à l'aise pour rencontrer le professeur Daguain.

Je crois que je serais prête à accepter n'importe quel vêtement, même un short !

— Cela ne te dérange pas ? C'est super gentil.

Je reviens des toilettes avec un jean, certes trop court, mais propre.

Une grande rousse taillée comme une armoire à glace s'approche de nous.

— Z'êtes les nouvelles internes ? Elle enchaîne sans même attendre la réponse. Je suis Mme Bénard, la cadre de l'unité Lhermitte. Venez, suivez-moi, les mignonnes !

Les mignonnes ? Mais pour qui elle se prend ?

Farah me scrute avec ses grands yeux verts, aussi interloqués que les miens. La secrétaire à l'accueil hausse les épaules avec un petit rictus.

— Alors… On va d'abord vous trouver des blouses. Il doit y en avoir dans votre bureau.

On découvre avec étonnement les dix mètres carrés que l'on va devoir partager pendant les six prochains mois. On a du mal à faire deux pas, nos prédécesseurs ont laissé un de ces capharnaüms ! Il y a des piles de dossiers un peu partout : sur les bureaux, sur les étagères, par terre…

Mme Bénard ne semble pas y prêter attention, cela ne doit plus l'étonner. Elle pousse quelques pochettes cartonnées pour nous montrer nos ordinateurs.

Je sursaute quand la porte s'ouvre avec fracas derrière moi.

— Elles sont où, les nouvelles internes ?

Il me semble reconnaître cette voix grave.

Le grand brun qui m'a renversée... *Mince alors !*

Seule différence, il a troqué son K-way vert contre une blouse blanche trop petite pour lui.

Il l'a tant bien que mal boutonnée au milieu. Elle s'ouvre comme un éventail et laisse dépasser le bas de son tee-shirt, trop court lui aussi. Ses poches lui arrivent à la taille et débordent d'instruments en tout genre.

Ce géant a définitivement la classe !

Mme Bénard fait les présentations.

— Voici Lucas Godard, l'assistant-chef de clinique de l'unité.

Je n'ose pas le dévisager mais il me semble un peu âgé pour n'être qu'assistant. Je crois avoir aperçu tout à l'heure quelques mèches poivre et sel sur ses tempes et quelques rides au coin de l'œil.

Le cow-boy me toise, la bouche pincée. Ses yeux se plissent.

— Ce n'est pas vrai ! Tu es le bolide de tout à l'heure ?

Je deviens écarlate.

— Oui, il faut croire. *Il peut arrêter de me lorgner comme cela ! Je ne suis pas une pestiférée !*

— Alors je crois que les présentations sont déjà faites !

Sans même un regard pour Farah, il se tourne vers la cadre et poursuit avec le même ton autoritaire :

— Bénard va vous montrer le service, puis vous vous répartirez les vingt-sept patients. Vous voyez s'il y a des problèmes, je passerai ce soir faire une contre-visite.

S'il y a des problèmes ? Mais quel genre de problèmes ? Quelles questions doit-on poser ? La panique monte, on est donc livrées à nous-mêmes dès le premier jour ?

Je n'aime pas sa façon de parler, dire que je vais devoir le côtoyer pendant six mois !

Farah paraît aussi blême que moi. Quel accueil !

Il se dirige déjà vers la sortie, je fixe son catogan qui se balance au niveau de sa nuque. Son cheval l'attend au bout du couloir.

La rengaine d'Ennio Morricone dans le film *Le Bon, la Brute et le Truand* me vient machinalement. Je n'ai absolument pas envie de sourire.

On le regarde partir avec Farah, bouche bée. Ça va définitivement trop vite pour nous !

C'est à ce moment qu'il se retourne.

— Au fait, Daguain veut vous voir dans son bureau vers dix heures !

Mme Bénard nous explique le fonctionnement de l'unité Lhermitte, elle est en règle générale dédiée aux hospitalisations programmées. Quand il reste des lits, certains patients peuvent monter directement des urgences.

Elle nous décrit les principales pathologies auxquelles nous allons être confrontées.

Apparemment, on prendra en charge beaucoup de patients atteints de sclérose en plaques. Des cures de corticoïdes sur cinq jours sont prévues en cas de poussées de la maladie.

Il y aura aussi des patients parkinsoniens, on peut leur poser des pompes comme chez les diabétiques ou même les opérer. Il va falloir que je révise, ça devient compliqué.

Madame la cadre continue ses explications, elle semble tout maîtriser, c'est plutôt rassurant.

— Vous effectuerez aussi des bilans diagnostiques de démences ou de maladie de Charcot. Ça se fait généralement sur deux ou trois jours. Le temps de réaliser l'IRM, la ponction lombaire, le bilan biologique.

Ponction lombaire ? Il va falloir que je m'exerce à réaliser ce geste, je n'en ai jamais eu l'occasion. Je ne suis pas sûre que le cow-boy ait le temps et la patience de me l'enseigner. Cela ne s'apprend pas dans les livres pourtant.

Je ne sais pas si l'angoisse se voit sur mon visage mais Mme Bénard me rassure.

— Ce sont souvent des hospitalisations courtes où les prescriptions ont déjà été faites par les différents médecins qui adressent le patient. Plus rarement, quand le patient vient des urgences, la prise en charge peut être plus compliquée et la durée du séjour plus longue. Surtout quand il est dans l'incapacité de rentrer chez lui… C'est là que j'interviens pour essayer de trouver des solutions.

Elle fait une pause en nous couvant d'un regard bienveillant.

— Ça va ?

— Oui, très bien, acquiesce Farah en souriant. C'est beaucoup d'informations à emmagasiner.

Mme Bénard ne porte ni blouse ni pyjama, elle est pleine de couleurs de la tête aux pieds, cela contraste avec le blanc omniprésent.

Elle porte fièrement une épaisse chevelure orange qui vire au fluo selon la lumière, c'est assez étonnant. Son pull est bleu pétrole, un peu de la même couleur que ses bottes d'ailleurs. Tout est dans l'art de l'assortiment.

Elle parle doucement et articule avec une discrète « patate chaude » qui accentue les « ch ». Cela lui donne une certaine prestance.

Nous la suivons sagement, notre nouvelle blouse repliée sur le bras. Elle déambule dans l'unité comme si elle nous présentait sa maison et les membres de sa famille.

C'est une très grande maison, avec beaucoup de monde. Des prénoms qu'il va falloir retenir en un temps record.

Dans la salle des infirmières, il y a un grand tableau affiché au mur où le nom de chaque patient figure sur une étiquette. Les vingt-sept noms sont répartis en deux colonnes, je propose arbitrairement à Farah de prendre celle de gauche. Il faut bien se lancer.

Une infirmière toute fluette s'approche de moi.

— Bonjour, Marie-Lou, moi c'est Lena… Je viens d'entendre que tu prenais le premier secteur : je peux te faire les transmissions ? T'inquiète pas, il n'y a pas de gros soucis de mon côté.

Cela se voit tant que ça que j'ai l'air stressée ? Il faut que je sois plus zen sinon les patients ne vont pas être très rassurés.

Je saisis une feuille dans l'imprimante et m'assois pour prendre des notes.

Enfin... On entre dans le vif du sujet !

Je n'ai même pas le temps de commencer ma visite que le professeur Daguain nous attend déjà dans son bureau.

Sa secrétaire nous invite à entrer en nous montrant une grande porte capitonnée de cuir noir. Je ne sais pas si ce détail a pour but d'isoler la pièce ou si c'est juste pour en mettre plein la vue. C'est réussi en tout cas !

Par contre, impossible de frapper sur une telle texture.

Farah pousse donc la porte.

C'est impressionnant, on dirait un cabinet de ministre !

On est si à l'étroit dans notre unité. Le contraste est criant.

M. Daguain se tient assis derrière son immense bureau. Il me fait penser à Valéry Giscard d'Estaing en plus jeune, avec sa tête oblongue et sa calvitie bien avancée. Il lève le menton en plissant les yeux. Il doit être myope.

— Bonjour. Approchez-vous... Je ne vais pas vous manger.

Il nous fait signe de nous asseoir. Je suis étonnée de voir au sol de l'épaisse moquette beige. Il y a plus hygiénique pour un hôpital, c'est peut-être un caprice de patron.

À gauche de son bureau, un canapé bleu en velours style Second Empire est adossé au mur. Il n'a pas l'air de servir tous les jours car une pile de dossiers traîne au milieu.

Il lit la feuille sur son sous-main.

— Alors… Marie-Lou Alessi… Je vois que vous venez de Grenoble. Farah Youssef, vous, de Paris.

On acquiesce en silence.

— Bienvenue ! J'espère que vous avez déjà pris vos marques. Mme Bénard a dû vous présenter le service.

Cette entrevue est un vrai monologue mais cela nous convient parfaitement.

Il nous détaille les différentes unités. On apprend par la même occasion qu'il y a plusieurs hôpitaux à Brest. C'est fou, une si petite ville !

Il a la même diction que Mme Bénard avec cette petite « patate chaude » dans la bouche. J'ai pris cela pour de la préciosité, ce n'est peut-être ni plus ni moins que l'accent local.

Il nous explique qu'il fait sa visite professorale tous les mardis matin. Ça tombe bien, c'est demain. On y verra donc plus clair.

Il finit l'entretien en nous demandant si l'on est bien logées et ajoute de ne pas hésiter à lui faire part de soucis éventuels. On sent l'âme d'un patriarche, il veut tout maîtriser.

Je trouve cela plutôt rassurant.

On arrive à l'internat vers quinze heures, j'ai une faim de loup.

Il n'y a plus grand monde dans ce vaste réfectoire : cinq personnes tout au plus.

Sur la droite, de larges baies vitrées donnent sur un jardin clos où la nature a repris ses droits. Des tables sont disposées par-ci par-là, recouvertes de feuilles mortes, leurs pieds disparaissent sous d'épaisses herbes hautes. Je m'imagine déjà déjeuner dehors au printemps.

Une fois entrée, mes yeux n'arrivent pas à se détacher du mur de gauche.

Il est couvert de fresques, plus osées les unes que les autres.

La promotion de l'année dernière bat tous les records ! Le thème champêtre avait dû être retenu : une fermière se tient à quatre pattes, un poireau dans les fesses. Une chèvre broute à côté, mais manifestement ce n'est pas de l'herbe. *Hum*… Vais-je réussir à manger devant un tel tableau ?

La dernière table dressée est malheureusement juste en face.

On se réchauffe au micro-ondes un bout d'omelette et quelques rondelles de carottes. Ça fera l'affaire.

Farah décompresse.

— Il est mignon, notre assistant-chef de clinique… Tu ne trouves pas ? plaisante-t-elle.

Je soupire en secouant la tête.

— Et dire qu'on va se le farcir pendant six mois !

— J'espère que tu as au moins rayé sa voiture.

— Même pas… Par contre, ma roue de vélo est complètement voilée !

Le poireau me fixe, c'est pénible.

Je me baisse un peu pour que la tête de Farah soit pile devant. *Ça y est.*

— Tu fais quoi à te contorsionner comme ça ? me demande-t-elle en fronçant les sourcils.

— Rien, rien, dis-je, gênée. *Ne surtout pas me focaliser sur le mur, ça va me couper l'appétit.* Je change de sujet. Alors comme ça, tu viens de Paris ? J'ai tout de suite vu à ta grosse valise que tu n'étais pas finistérienne !

— Oui... J'étais interne à l'hôpital de la Pitié-Salpêtrière depuis cinq ans, j'avais envie de changer.

— Cinq ans ? C'est un internat en quatre ans pourtant ?

— Oui, pour toi... Moi, il faut que je passe un concours interne pour avoir le droit d'exercer en France en tant que senior, je n'ai pas encore l'équivalence.

Elle me raconte son parcours.

Son départ de Syrie il y a cinq ans, avant la guerre. Ses difficultés pour revoir sa famille depuis la fermeture des frontières.

Elle arrivait à passer ses vacances avec eux pendant la première année du conflit. Ils se donnaient rendez-vous en Turquie, ils louaient une villa sur la côte méditerranéenne. Elle avait même réussi à faire venir sa mère un mois durant cet été-là, même si l'obtention du visa avait été compliquée.

La situation s'est envenimée l'année dernière, elle ne les a pas revus depuis. La ville de Lakatia où ils résident semble assez préservée mais la situation est tellement instable qu'on n'est jamais à l'abri. L'angoisse ne la quitte pas.

Je regarde ce petit bout de femme aux grands yeux verts qui se tient devant moi, j'admire son courage. Quand je repense aux difficultés que j'ai eues à partir de chez moi, cela me paraît bien ridicule.

Cela la ferait sourire si je lui disais que je me sens dépaysée dans mon propre pays.

Quand j'y pense, mon petit cocon à moi est toujours là, en haut des montagnes. Il m'attend, j'y retourne quand je veux. C'est un luxe que je prenais pour une évidence…

5

Le rêve éveillé

J'arrive très tôt le mardi matin. Je veux connaître mes treize dossiers sur le bout des doigts, même si je sais que je n'aurai pas à les présenter. C'est le rôle des externes.

Ils devront lire tout haut leurs observations et endurer les critiques du professeur. Cela me rappelle des souvenirs pas si lointains et pas mal de sueurs froides.

J'aperçois la silhouette longiligne du professeur Daguain au bout du couloir.

Il est neuf heures tapantes.

Le troupeau de blouses blanches est fin prêt : une dizaine d'externes, deux internes et l'infirmière du secteur. Cela fait du monde !

L'architecte n'avait pas prévu cela en dimensionnant les chambres. On va être serrés comme des sardines !

Le grand docteur à la blouse impeccable et au col relevé tient sous son bras un épais livre de neuroanatomie. Je le reconnais entre mille, j'avais l'habitude de l'emprunter à la bibliothèque, j'adore ses dessins.

Certaines coupes sont de véritables aquarelles, surtout celles des noyaux gris centraux.

Une fois sortie de la première chambre, je commence à me détendre. *Zen attitude.* J'aime la manière qu'a Daguain de parler aux patients. Il est calme et posé, prend le temps d'écouter l'externe et de valoriser son travail.

Il s'est même assis sur le lit de Mme Le Floch pour être à son niveau quand elle lui a expliqué qu'elle se sentait diminuée en restant alitée. Elle a eu l'air d'apprécier sur le moment puis a vite renchéri : « J'ai trop de louzous, professeur. »

Mince, je suis passée à côté de troubles du langage ? Je n'ai pas noté cela dans mon observation. Qu'entend-elle par louzous ? Cela doit être une paraphasie[1]. Qu'est-ce qui peut ressembler à louzous ? Zoulous ? Je ne vois pas le rapport.

Daguain ne relève pas et sort son livre.

— Mme Le Floch a présenté un accident vasculaire cérébral ischémique hémisphérique droit, dit-il d'un ton monocorde. Au niveau de la capsule interne… Qui peut me montrer où se situe la lésion sur cette page ?

Je ne comprends pas. L'aire du langage n'est pas du tout à ce niveau. C'est uniquement une zone motrice.

Je murmure à l'oreille de l'infirmière :

— Ça veut dire quoi « louzous » ?

J'ai dû parler un peu trop fort car cela fait sourire tout le monde, y compris Daguain qui lève la tête dans ma direction. C'est ça, la promiscuité !

---

1. Trouble du langage.

— Madame Le Floch, notre interne n'est pas finistérienne. Il va falloir être indulgente. Quand vous parlez de louzous, elle ne peut pas comprendre. *Mes joues commencent à me chauffer.* Les louzous sont les médicaments… Ce mot, vous risquez de l'entendre plus d'une fois ! ajoute-t-il en riant.

Mme le Floch fait de même, son sourire édenté est sans doute le premier de la journée. La pauvre.

J'acquiesce timidement.

À midi, on n'a vu que la moitié du service. Mister Daguain prend son temps.

Après tout, on n'a pas encore pu étudier toutes les coupes de son livre de neuroanatomie !

J'ai des fourmis dans les pieds et mon ventre commence sérieusement à gargouiller.

Peu importe, je suis tellement contente. Ce semestre s'annonce passionnant.

J'ai eu beaucoup de mal à convaincre Farah de m'accompagner à cette réunion.

« C'est un bon moyen de connaître du monde, tu verras », lui ai-je dit.

Anna organise cette réunion pour les nouveaux internes, elle nous a donné rendez-vous ce vendredi soir dans le petit salon au premier étage de l'internat.

Elle m'a travaillée au corps : « Tu viendras, hein ? Avec Farah… On a besoin de vous pour organiser le prochain tonus[1]… »

Une quinzaine ont répondu présents, je n'en connais que deux ou trois, pas plus.

1. Fête organisée pour les internes en médecine.

Farah s'est laissé convaincre et se tient à côté de moi. Je comprends qu'elle ne se sente pas l'âme d'une « bizut » vu son long parcours…

À gauche du coin salon, deux internes sont en train de jouer au billard. Je les ai vus au staff de neuroradiologie ce matin, ils doivent être en neurochirurgie.

On dirait Laurel et Hardy : un grand tout mince et un petit trapu. À chaque coup, ils se tournent vers nous en souriant. Les petites nouvelles attisent leur curiosité apparemment.

Anna répartit les tâches comme une chef scout.

— Qui veut s'occuper d'acheter l'alcool ? Qui démarche les traiteurs ? Qui décorera la salle ? Il faut trouver un thème à la soirée. L'année dernière, c'était « luxure et décadence », et ça a complètement dégénéré.

Hum… Je veux bien le croire.

— Marie-Lou, tu dessines bien, n'est-ce pas ?

— Euh… J'ai pris des cours au lycée…

Je suis piégée. Anna a une idée derrière la tête. Je ne vais pas pouvoir lui dire non. Je le sens.

— Super, tu feras la fresque ! clame-t-elle, victorieuse.

L'image du poireau me revient et je deviens rouge tomate. Je suis bien incapable de dessiner des trucs pareils. Et en format géant en plus !

Bien sûr, personne ne propose de m'aider…

Je m'enfonce encore plus dans le canapé. J'ai gagné ma soirée.

Les deux ostrogoths du billard ont posé leurs queues et participent activement à la conversation. Moi, mes pensées sont ailleurs. Je réfléchis à la taille de mes pinceaux, aux couleurs. Je vais partir sur de l'acrylique…

Après la réunion, Anna me propose de continuer la soirée au *Cargo* sur le port du Moulin-Blanc. Ses co-internes lui ont donné rendez-vous.

Cette fois, je n'arrive pas à convaincre Farah de me suivre.

Je me retrouve au milieu de quatre gars plutôt sympathiques à l'humour « pipi-caca » comme tout chirurgien viscéral qui se respecte.

Gonzo est manifestement le meneur. On peut dire qu'il n'a pas sa langue dans la poche celui-là, ses yeux bleu azur pétillent à chaque blague. Je n'ai jamais entendu de rire aussi communicatif : il a une façon de glousser en retroussant son nez. Irrésistible…

C'est fou comme Anna est à l'aise avec tout le monde. J'admire sa repartie cinglante, sa façon de les taquiner, de les rembarrer parfois.

Elle est tellement féminine en apparence et si masculine dans sa façon d'être.

J'ai l'impression de la connaître depuis longtemps, cela ne fait pourtant qu'une semaine que je suis arrivée.

Nous sommes si différentes ! Je suis tellement dans la retenue. Les contraires s'attirent, paraît-il.

Je la sens pourtant ailleurs ce soir. Plus distante que d'habitude. Elle a posé son téléphone portable sur ses genoux et le regarde discrètement toutes les cinq minutes.

Vers minuit, alors que Gonzo sort une énième remarque sur les seins de la serveuse, elle se fige et fixe la porte d'entrée d'un air affolé.

— Tout va bien ? lui murmuré-je, inquiète.

La ride du lion est apparue au milieu de son front.

— Invente une excuse, n'importe laquelle, dit-elle en se penchant vers moi. Je dois partir… À demain.

Elle s'est déjà volatilisée quand je me retourne vers la porte d'entrée. Quelle mouche l'a piquée ?

« Une furieuse envie de vomir » est l'excuse que je trouve, sans même avoir le temps de réfléchir. Mes camarades ont bien du mal à me croire d'ailleurs : Anna a une réputation. Son estomac a connu bien pire !

Cela leur donne en tout cas l'occasion d'énumérer les plus belles beuveries de l'histoire de l'internat.

J'apprends les déboires du cousin d'Anna, interne en troisième année. Au sommet du palmarès du plus gros fêtard, toutes promotions confondues.

Les verres s'enchaînent sans que j'en commande un seul. Par magie, le mien reste toujours plein.

Gonzo propose de me raccompagner. Cela m'arrange car le quartier du Moulin-Blanc n'est pas tout près du centre.

Plutôt courtois comme garçon derrière ses airs de macho…

Deux heures du matin.

Rien de tel qu'une douche froide après une soirée bien arrosée.

Je relève mes cheveux avec une pince et enjambe la baignoire sabot.

Je préfère rester debout de peur de m'endormir et laisse la pomme de douche posée sur ma nuque.

Mon front repose sur la mosaïque, je pourrais rester des heures comme ça.

Le filet d'eau froide coule sur mon dos et j'aime cette sensation.

Je revois la petite cascade où j'aime pencher ma nuque pour me rafraîchir l'été. Ah, mes montagnes…

J'enfile ma nuisette sans même me sécher, trop fatiguée.

Le tissu vient se coller contre ma poitrine comme une deuxième peau.

Au moment même où je sors de la salle de bains, j'entends la clé dans la serrure.

Anna aura peut-être le temps de me raconter sa mystérieuse soirée avant que je m'effondre.

Curieuse, je me dirige vers l'entrée.

Quand la porte s'ouvre, je me fige, les bras ballants.

Je n'ai pas le réflexe de cacher mes seins qui pointent sous la nuisette.

Ni la présence d'esprit de couvrir mon pubis qui, j'en suis sûre, se voit en transparence sous le tissu mouillé.

Devant moi se tient l'être le plus charmant que j'aie jamais vu.

C'est comme une apparition. Sa beauté est presque surnaturelle.

Anna m'a-t-elle fait une blague ? L'a-t-elle embauché pour une nuit ? Elle en serait capable…

Je me frotte machinalement les yeux.

Non, il se tient bien debout devant moi. Il doit mesurer au moins un mètre quatre-vingt-dix.

Rien que de le regarder, cela me donne le vertige.

Ses cheveux châtains ondulent sur son front en un désordre harmonieux, sa peau paraît bronzée, même en plein mois de novembre. Soit il fait des UV, soit il est marin. Vu sa barbe de quelques jours et sa grosse veste de quart, je ne crois pas aux UV.

Ses yeux font des va-et-vient entre mes seins et mes cuisses, sa bouche s'entrouvre. Suis-je si indécente ?

Quelques secondes passent. Et si, sous ses airs de beau gosse, c'était un pervers ? Peut-être vient-il de dérober les clés dans le sac d'Anna…

Je me jette sur le ciré jaune qui pend sur le porte-manteau et l'enfile à toute vitesse.

Je me retrouve à quelques centimètres de lui, son haleine est chargée de bière. Il murmure en se mordant les lèvres :

— La nouvelle coloc'…

Cela m'apaise, il connaît Anna.

Je ne sais pourquoi je murmure à mon tour, mais je n'arrive pas à monter le volume :

— La nouvelle coloc' n'était pas prévenue des visites au milieu de la nuit.

Il fronce les sourcils, ses yeux sont doux, ils ont la couleur de la pluie. La bruine bretonne qui caresse la peau.

Pourquoi n'ai-je pas l'idée de reculer ? L'alcool me donne un courage proprement déraisonnable. Je suis comme aimantée. Il prend le temps de refermer doucement la porte derrière lui, je suis coincée.

— Désolé, enchaîne-t-il. J'ai pris la fâcheuse habitude de venir dormir dans le salon à chaque fois que j'ai un peu bu. Il tangue. Je suis un mec plutôt raisonnable, pas question de prendre la voiture dans cet état.

Je tangue, moi aussi. J'ai l'impression de tomber d'une falaise à chaque fois que je relève la tête pour le regarder. C'est l'effet du rhum, j'en suis sûre, c'est neurotoxique. Mon système vestibulaire[1] est complètement déréglé.

Il m'attrape le bras. Sa main est gigantesque, elle fait le tour de mon poignet.

— Eh ! On dirait que tu as trop bu, toi aussi. Il me caresse l'avant-bras, en remontant jusqu'à mon coude. Une vague de frissons m'envahit. Tu as pris une douche gelée ? Ta peau est glacée.

Pour la deuxième fois, il fronce ses épais sourcils. Je viens de remarquer la fossette sur sa joue droite quand il sourit, c'est charmant.

Il se tourne vers le portemanteau et m'attrape un bonnet.

Un bien chaud, en grosses mailles de laine noire. Il enlève délicatement la pince de mes cheveux et regarde les longues mèches de cheveux noirs retomber sur mes épaules.

Je frissonne à nouveau, cela me glace le cou.

Il m'enfile ce bout de laine avec tant de douceur. Sa main reste posée sur ma joue, elle est si chaude.

J'incline ma tête pour qu'elle repose entièrement sur sa paume et ferme les yeux.

Cela dure une éternité.

Je me réveille en sursaut ! Je suis dans mon lit.

Je souris, quel beau rêve ! Et si je refermais les yeux pour qu'il dure encore ? Malheureusement, cela ne marche jamais.

---

1. Le système vestibulaire est situé dans l'oreille interne et impliqué dans l'équilibre.

Il était si beau, ce géant aux yeux couleur pastel.

Une sensation bizarre s'impose à moi, un peu comme si j'étais coincée dans un sac plastique. Stupeur ! Je porte un ciré jaune par-dessus ma nuisette.

Mon ciré ! Celui du portemanteau avec ses grandes poches et sa fermeture éclair blanche.

Cerise sur le gâteau, j'ai un bonnet sur la tête !

Aïe ! Et si ce n'était pas un rêve...

Je me rends compte au même moment que je n'ai pas de culotte. Qu'est-ce que c'est que cette histoire ? Comment ai-je pu être aussi effrontée ? Cela ne me ressemble tellement pas ! Et surtout... Que s'est-il passé après ? J'avais la tête sur sa main...

J'essaie de me rappeler si j'avais une culotte après ma douche. Non, je ne suis pas sûre. C'est déjà ça, il ne me l'a pas enlevée.

À pas de loup, je sors de ma chambre. J'ai un peu peur. S'il était encore là ?

Pas un bruit.

J'entrouvre la porte du salon, tout doucement pour qu'elle ne grince pas. La lumière du jour m'aveugle quelques secondes. L'horloge au mur indique onze heures. J'ai dormi tout ce temps-là ? J'aperçois deux pieds qui dépassent du matelas, les orteils sont gigantesques.

Je me rappelle alors cette main, celle contre laquelle je me suis appuyée. Un frisson m'envahit.

Il s'est enroulé dans la couverture indienne et dort en diagonale sur le matelas. Un rouleau façon maki si serré qu'on ne voit même pas son visage. J'aperçois quelques mèches de cheveux aux reflets dorés qui dépassent à l'autre bout.

Ses habits sont éparpillés par terre un peu partout dans la pièce. Pantalon, tee-shirt, chaussettes, caleçon…

Caleçon ? Non… Il est nu !

Je ne voulais pas claquer la porte en la refermant. C'était plus fort que moi.

Surtout, SURTOUT, partir avant qu'il se réveille !

6

Au milieu de la nuit, une porte ouverte

Une heure quarante-cinq du matin, je n'ai pas vu le temps passer. L'adrénaline m'a coupé l'appétit.

Ma co-interne vient de revenir de l'internat, ça va être mon tour de manger. Juste le temps de finir ma prescription et j'y vais.

Je suis plutôt contente : je n'ai encore tué personne…

De toute façon, les trois quarts de mes patients, ce soir, avaient deux grammes d'alcool dans le sang. Dans ces cas-là, ce n'est pas de la grande médecine. On hydrate, on donne des vitamines et on surveille.

Certains ont été amenés par la police, ils titubaient sur le trottoir plus ou moins agressifs. D'autres sont venus de leur plein gré, la porte était ouverte et il y avait de la lumière.

Il fait bien chaud ici et on a même droit à un plateau-repas ! L'hôtel des urgences a sa liste d'habitués apparemment.

Je sens que M. X va nous faire l'animation toute la nuit !

On l'a nommé comme cela car il n'a pas été capable de donner son nom. Il s'agite sur son brancard malgré toutes les contentions et insulte tout le monde au passage.

— Hé ! la grosse en pyjama ! Oui, c'est à toi que je parle ! Détache-moi ou j't'en colle une ! Détache-moi j'te dis ! Hé ! Grosse vache !

La pauvre infirmière rase le mur en baissant les yeux.

Sur le chemin de l'internat, je ne suis pas rassurée seule dans le noir. Et si je me faisais attaquer ? Je sors mon marteau réflexe de ma poche, c'est une arme comme une autre.

J'ai oublié de prendre un pull et grelotte dans ma blouse à manches courtes. Cela me donne une autre raison de courir.

Il n'y a pas un chat.

Le grand réfectoire, éclairé par trois néons blafards, couperait presque l'appétit. Les assiettes sales qui jonchent les tables n'arrangent rien. Le silence est angoissant, quel contraste par rapport au brouhaha des urgences ! Seuls le grésillement des frigos et le ronronnement de la tireuse à bière sont perceptibles.

Qu'y a-t-il au menu, ce soir ? Pas grand-chose on dirait, les frigos sont vides. J'arrive après la bataille. Je fais donc mon marché sur les tables où traînent des restes de salade verte, une tranche de jambon blanc et trois morceaux de gruyère. C'est mon jour de chance : j'ai évité les choux-fleurs cuits à l'eau et la langue de bœuf sauce piquante !

J'enlève ma blouse et la pose sur le dossier de ma chaise. Il ne fait pas très chaud en petit débardeur, mais cela me dégoûte de manger dans cette tenue.

Quand je repense à la plaie répugnante que j'ai suturée tout à l'heure. *Beurk !*

J'avais beau avoir des gants, je me suis désinfectée au moins cinq fois les mains après.

Ne surtout pas y repenser ! Je renonce à mettre de la sauce sur ma salade : trop suggestive.

Je sursaute en entendant la porte du frigo grincer.

Tiens, j'ai de la visite !

J'aperçois dans la pénombre de l'entrée une silhouette en pyjama blanc. À cette heure avancée de la nuit, ça doit être un chirurgien qui finit son intervention. Il est immense, une vraie armoire à glace. Je parie que c'est un orthopédiste !

À peine a-t-il franchi les portes battantes que je me liquéfie. Cela ne fait aucun doute. C'est bien lui. Je reconnais ses cheveux en bataille, son menton carré, son long cou musclé, ses mains gigantesques. Le fantôme de l'autre nuit me regarde avec un petit sourire en coin. La même fossette.

J'en fais tomber ma fourchette, elle résonne sur mon assiette. Je ne peux m'empêcher de le fixer, interloquée. Eh non, Marie-Lou, ce n'était pas un rêve ! Ce garçon existe bel et bien... En plus, il a l'air de travailler dans le même hôpital que toi.

Il s'approche avec son assiette, j'ai très envie de me glisser sous la table ni vue ni connue.

Ce ne serait pas plus bizarre que d'avoir un bonnet et un ciré en sortant de la douche !

Pourquoi ai-je la chair de poule ? Sûrement parce que j'ai ôté ma blouse et oublié mon pull...

Il s'installe en face de moi sans me quitter du regard. J'ai vraiment l'impression que je l'amuse, il plisse les yeux comme s'il se moquait. Je dois être coiffée n'importe comment, avoir des cernes énormes et peut-être même du rimmel qui coule sur les joues.

— Tu m'as habitué à des tenues plus intéressantes à cette heure du soir, me lance-t-il d'une voix enjôleuse.

Il va arrêter de me narguer ? Cette histoire me met très mal à l'aise, surtout le trou noir entre deux et onze heures du matin ! Que s'est-il donc passé au point de le faire tant sourire ? La colère monte, probablement favorisée par mon estomac vide.

— C'est quoi ton problème avec moi ? Je parle à toute vitesse. Il a l'air un peu surpris mais toujours aussi narquois. Je me suis retrouvée dans mon lit avec un ciré et un bonnet sur la tête. Je ne me souviens de rien sauf d'une chose : tu n'avais rien à faire chez moi à une heure pareille ! J'en oublie de reprendre ma respiration et continue, de plus en plus agacée. T'es qui d'ailleurs par rapport à Anna ? Je n'ai même pas encore osé lui en parler.

Je n'aime pas être aussi agressive et baisse les yeux sur mon assiette. Il faut que je me calme, je n'ai pour l'instant aucune raison de lui en vouloir. Juste peur de sa réponse. Mon ton se radoucit.

— J'imagine que tu as une bonne raison d'avoir les clés.

Le silence qui suit est interminable.

— Excuse-moi si je t'ai effrayée, l'autre soir, dit-il d'une voix tendre. Pour répondre à toutes tes questions, tu m'es tombée dans les bras alors que j'avais déjà du mal à tenir debout.

Dans ses bras ? Je n'ai quand même pas fait ça ! Mes joues rosissent.

Il continue, amusé :

— Je n'ai d'ailleurs jamais vu un marin aussi sexy… *Je crois voir passer l'ombre d'un sourire et suis définitivement rouge écarlate.* Je t'ai portée jusqu'à ton lit. Tu ronflais déjà… Ne t'inquiète pas, je n'ai rien tenté, même pas d'enlever ton ciré. Je ne suis pas du genre pervers. En plus, j'étais trop bourré pour envisager quoi que ce soit.

Je ronflais ? La honte ! Il paraît que ça m'arrive souvent quand j'ai un coup dans le nez.

Il ne s'est rien passé, c'est le principal. Je suis tellement rassurée !

J'avoue que l'idée de prendre la pilule du lendemain m'avait traversé l'esprit.

J'avais même pensé à me prescrire la sérologie HIV. Quand on commence à psychoter !

— Excuse-moi… J'ai dû être pathétique !

Je n'arrive pas à lever les yeux de mon assiette, j'ai dû manger deux feuilles de salade, pas plus.

— Hum, pathétique n'est pas l'adjectif que je choisirais, réplique-t-il, hilare. Anna ne t'a jamais parlé de son cousin ? *À mon air étonné, il connaît la réponse.* Un certain Matthieu ? Qui vient souvent squatter avec son chien ? *Ah, oui. Je me souviens maintenant.* C'est l'appartement de notre grand-mère… Donc effectivement, j'ai les clés.

Anna aurait pu me prévenir quand même.

Ce petit détail, même s'il est extrêmement craquant, a son importance.

Surtout quand il s'invite au milieu de la nuit.

— Maintenant que tu me le dis, Gonzo m'a parlé de toi. Enfin, surtout de tes exploits aux précédents tonus !

À mon tour de le taquiner.

— Hum… Oublie ça, ce n'est pas très intéressant, fait-il, un peu gêné.

— OK, cousin Matthieu, me voilà rassurée… L'incident est clos. Je m'attends donc maintenant à voir débarquer ta grand-mère ! dis-je en rigolant.

— Si elle arrive à s'échapper de sa maison de retraite, qui sait ? Mais attention, ta chambre était la sienne, tu vas te retrouver sur le canapé !

Son haut de pyjama dessine un grand V sur sa poitrine, je remarque quelques poils blonds formant une ligne verticale le long de son sternum. Il n'est pas si velu pour un chirurgien. Comment fait-il pour être aussi bronzé en plein mois de novembre ? Sa peau claire paraît burinée par le soleil. Il faudrait que je détache mes yeux de ce V extrêmement séduisant, je suis comme aimantée.

Est-ce le fait d'être plus détendue ? Je sens tout à coup le poids de la fatigue.

— C'est toujours comme ça, les gardes aux urgences ? Parce que je ne suis pas sûre de tenir le choc, avoué-je en m'attaquant de nouveau aux quelques feuilles de salade.

À ce moment, le téléphone accroché au mur de l'entrée résonne de son « bip-bip » strident. Matthieu se lève en soupirant.

— C'est l'infirmière du déchocage qui veut te parler.

Il a l'air désolé.

— Oui, allô ?… Il est là pourquoi ?… Et le chef n'est pas là ?… OK, alors tu peux le mettre sous oxygène pour remonter sa saturation… Oui, fais-lui des gaz du sang et lance le bilan, s'il te plaît… Oui… NFS, iono, BNP, CRP, créat… J'arrive.

Je me retourne vers Matthieu, les bras ballants.

— Le chef est parti dormir. Ma co-interne est sur un arrêt cardiaque en pneumologie, et moi je me retrouve à gérer le déchocage et une détresse respiratoire. La nuit va être longue… Salut !

J'attrape ma blouse en quatrième vitesse et sors en courant dans la nuit.

C'est un œdème aigu du poumon. Le pauvre homme n'aurait pas dû manger sa douzaine d'huîtres, trop salées pour son cœur déjà bien fatigué.

Un peu de diurétiques, de dérivés nitrés par voie intraveineuse et le tour est joué. Il reste une place en pneumologie, au moins il ne passera pas la nuit sur un brancard.

Je clos le dossier sur l'ordinateur et m'apprête à appuyer sur l'icône « Imprimer » quand l'écran se brouille brusquement.

Les bips du scope s'éloignent tout doucement, les voix des infirmières autour de moi se fondent entre elles.

Mes mains deviennent moites et mes jambes se mettent à flageoler. J'ai l'impression d'entrer en lévitation.

Comment ça, je suis allongée ?

Pourquoi mes jambes sont-elles en l'air ? Mes pieds reposent sur une table d'examen. Où suis-je ? Dans la salle de plâtre ?

Mes cheveux sont trempés comme si on m'avait lancé un seau d'eau sur la tête.

L'infirmière est en train de me prendre la tension : 9/6, ce n'est pas beaucoup.

— Tu as fait un malaise, m'explique-t-elle d'une voix douce. Tu ne t'es pas fait mal à la tête ? Tu t'es cognée violemment par terre, apparemment.

Je sens une bosse en passant la main sur mon front, c'est rugueux et ça suinte sous mes doigts. Je dois avoir une plaie.

Elle me désinfecte avec une compresse imbibée d'antiseptique. *Aïe…*

— Je viens de prévenir l'interne des urgences du côté chirurgie. Il faut qu'il regarde ta plaie pour voir s'il faut suturer.

Oh non, pas l'interne de chirurgie ! C'est Matthieu. Je ne veux pas qu'il me voie comme ça, les quatre fers en l'air !

Trop tard, il se précipite déjà vers moi d'un air inquiet.

— Ça va ?

J'ai de nouveau son V en ligne de mire, mais cette fois, juste au-dessus de moi. En fait, il n'est pas si bronzé que ça.

— Que s'est-il passé ? Tu ne t'es pas loupée. Regarde-moi.

C'est drôle, il y a comme des soleils autour de ses pupilles, des faisceaux dorés viennent se fondre dans le bleu-gris. C'est très discret, je ne l'avais pas encore remarqué.

— Marie-Lou ? Tu m'entends ?

Oh, il connaît mon prénom ! Je ne savais pas qu'il connaissait mon prénom…

Il me caresse la joue du dos de la main, elle est douce et elle sent la solution hydro-alcoolique. Je ferme les yeux et je savoure.

— Marie-Lou ? Marie-Lou ?

— Ce n'est pas très professionnel, les caresses, docteur, finis-je par lui murmurer tout en gardant les yeux fermés.

Surpris par ma remarque, il retire sa main.

— Ce n'est pas étonnant que tu fasses un malaise, t'as mangé deux bouts de salade !

Je me relève doucement et m'assois sur une chaise. J'ai l'impression d'être sur un bateau en pleine tempête, le sol tangue !

— Tu es sûr que c'est vagal ? Ça arrive à tout le monde de sauter un repas. Si ça se trouve, j'ai fait un trouble du rythme et il faut me poser un pacemaker en urgence, dis-je en blaguant.

— Vu comme t'es pâlotte avec une tension dans les chaussettes, le diagnostic ne fait pas de doute. Mais bon, c'est toi l'interne de médecine ! Tu veux que je te fasse un électrocardiogramme ?

— C'est ça ! Déshabille-moi tant que t'y es !

Je m'imagine déjà la poitrine à l'air avec mon soutien-gorge de sport.

Hum. Je croise les bras machinalement.

— Faudrait savoir, mademoiselle l'hypocondriaque ! s'exclame-t-il en se penchant au-dessus de mon front. Montre-moi ta plaie… Ça va, c'est superficiel. Juste une dermabrasion, je n'ai pas besoin de te suturer. De toute façon, vu comme c'est gonflé, les fils n'auraient pas tenu.

— C'est si moche que ça ?

— Disons que si tu avais envie de draguer au prochain tonus, c'est mort !

Je hausse les épaules, ce charmant chirurgien a le chic pour m'exaspérer !

Il m'étale une pommade sur le front et s'applique comme un débutant.

— Je te mets un peu de vaseline pour éviter les croûtes.

Il est définitivement trop mignon.

— Me voilà bien soignée, alors…

— Je vais aller te chercher une assiette.

— Merci beaucoup, dis-je en souriant. J'ai l'impression que j'ai un régime spécial… Ou alors les patients sont vraiment mieux soignés du côté chirurgie.

— À toi de choisir ta version, me suggère-t-il, pensif. Son visage se rembrunit. *Il me sonde de son regard multicolore.* Mais d'abord, je vais réveiller ton chef… C'est pire qu'un bizutage ce qu'il t'a fait !

— Euh, non, s'il te plaît. Ne fais pas ça, c'est le chef de service de médecine légale ! Je ne veux pas de problème.

La situation est en train de prendre une mauvaise tournure.

Bonjour la réputation ! Une interne de premier semestre qui ne gère pas sa garde jusqu'au bout et qui fait réveiller son chef pour crier au scandale.

Matthieu a l'air remonté.

— Justement, s'il est patron, il a un rôle universitaire et devrait former ses internes. Il ne peut pas te laisser toute seule toute une nuit… À gérer le déchocage en plus !

— Écoute, Matthieu, laisse tomber. Ce médecin légiste n'est sans doute plus très à l'aise avec les patients encore en vie. J'avais même l'impression qu'il était en panique tout à l'heure. Il préfère disséquer les macchabées.

— C'est quand même fou que les seniors ici ne soient pas tous urgentistes !

— C'est vrai… Malheureusement, ce n'est pas moi, à mon échelle, qui vais pouvoir changer les choses. Ça va mieux maintenant, assuré-je en me relevant. Je me sens capable de reprendre ma garde.

— Non, me répond Matthieu, autoritaire. Tu manges ton assiette et tu vas dormir ! Je vais finir la nuit côté médecine, mon co-interne continuera sans moi. De toute façon, c'est en train de se calmer dans notre secteur.

Ce garçon a du caractère. Je n'ai pas l'impression qu'il soit fatigué.

— Merci. Je ne suis pas contre l'assiette, mais je veux finir cette garde. C'est ma première, c'est important pour moi.

Un petit trémolo brise ma voix, j'ai envie de pleurer.

J'essaie de ne pas le montrer mais mon menton est pris de petites secousses incontrôlables.

Matthieu semble surpris et change de ton.

— OK, je comprends… Je capitule, p'tit marin.

Il m'embrasse sur le front juste à côté de ma blessure, avant de disparaître. Je ferme les yeux.

En tant que patiente du secteur chirurgie, je ne peux m'empêcher de penser que j'ai vraiment un régime de faveur !

Aux transmissions, le lendemain matin, le chef est frais comme un gardon.

Il déambule entre ses deux internes, le sourire aux lèvres. Il doit sortir tout droit de la douche. Ses cheveux sont encore mouillés, méticuleusement peignés, et dessinent une belle raie sur le côté. Il sent bon le shampooing à la camomille, sa barbe est rasée de près. Après tout, c'est samedi, tout est permis !

— Ah, bravo, les filles, vous avez bien géré !

Il nous a apporté des croissants de l'internat. Délicate attention. À voir les miettes sur le haut de sa chemise, il a déjà pris le temps de prendre son petit déjeuner. Il n'a même pas remarqué mon pansement sur le front et c'est tant mieux.

Je rentre chez moi avec un sentiment de légèreté, comme après un footing de dix kilomètres.

J'ai vraiment vécu cette garde comme une épreuve, je suis sûre que j'ai sécrété plein d'endorphines pour être dans cet état.

Dans le hall d'entrée de l'immeuble, un homme me frôle l'épaule en sortant.

Il a l'air pressé, c'est drôle, un samedi matin.

L'espace d'un instant, il m'a semblé le connaître. Peut-être un voisin.

En me retournant, je n'ai le temps d'apercevoir qu'un pan de veste en cuir noir et une alliance à son annulaire gauche.

Sur la table de la cuisine m'attend un petit paquet de papier blanc.

Un message est inscrit sur le dessus, au crayon gris : « Des protéines pour requinquer mon p'tit marin bien courageux. »

Des tranches de saucisson ? Je m'attendais à tout sauf ça. Il a dû les acheter à la boucherie attenante au *Gobe-mouches*.

C'est une histoire de famille : le frère tient la boucherie, la sœur est derrière le bar. Une porte communique d'ailleurs entre les deux que seuls quelques habitués ont le droit d'emprunter.

Ce saucisson a un aspect étonnant, pas vraiment ragoûtant d'ailleurs. Il est d'une couleur gris-rose, en forme de spirale, il sent le poivre et la vieille chaussette.

Allez, je me lance, cela serait un affront si je ne testais pas.

Hmm… C'est un régal ! Je n'ai jamais goûté de chose pareille. C'est quoi ? Du cochon ?

Matthieu n'en finit pas de m'étonner ! Je le cherche dans l'appartement, il est parti. Anna doit encore dormir profondément.

Je vais d'ailleurs faire de même.

7

Une histoire de phéromones

Le professeur Daguain m'a croisée dans le couloir ce matin.

J'essaie pourtant de l'éviter en rasant les murs mais cela ne marche pas toujours !

Il faut dire qu'il m'impressionne un peu. *Un peu beaucoup.*

On a toujours l'impression qu'il a un amphithéâtre devant lui quand il s'exprime. Lorsqu'il me vouvoie, j'ai envie de me retourner pour voir si on est plusieurs à l'écouter.

Il ne doit pas être si vieux que cela pourtant, cinquante ans, peut-être cinquante-cinq.

Je ne sais pas où il est allé chercher son look vintage avec sa chemise à col et son pantalon en velours trop court. Sans doute n'a-t-il jamais changé sa façon de s'habiller depuis ses vingt ans !

En tout cas, j'adore ses chaussettes de tennis blanches qui dépassent sous ses ourlets ! Ça lui donne une petite touche « sport wear ».

Sa tête, on dirait un œuf à la coque à l'envers. Ses cheveux bien peignés en anneaux au-dessus de ses oreilles forment le coquetier en quelque sorte.

Bref, je l'ai croisé ce lundi matin, pas très réveillée. Je ne l'avais pas vu venir.

— Marilyn ? m'a-t-il appelée.

C'est sa grande spécialité de se tromper de prénom. À croire qu'il fait exprès.

— Marie-Lou, monsieur.

— Ah oui… Marie-Lou. Vous savez, j'ai réfléchi… J'ai de l'or en barre pour vous ! Vous allez voir, c'est un sujet passionnant pour une interne de troisième semestre.

— Euh, premier semestre, monsieur.

En fait, il ne m'écoute pas, il a vraiment l'air dans sa bulle.

— Venez… Venez, que je vous explique cela.

Je me fais alpaguer comme une débutante ! Non vraiment, là je n'ai pas le temps. Je vais être en retard pour mes transmissions.

Il m'amène dans son bureau. Le fameux avec la porte capitonnée. *De l'or en barre ? Je te jure !*

Je m'assois sur une toute petite chaise devant son grand bureau de ministre. Histoire de m'impressionner encore plus !

Il pose ses deux avant-bras sur son sous-main et se frotte le menton en me regardant d'un air pensif.

— Bon, rentrons dans le vif du sujet.

Je suis pétrifiée et enfonce ma tête dans mes épaules.

— Que connaissez-vous des effets secondaires des agonistes dopaminergiques dans la maladie de Parkinson ?

Au secours, je ne connais RIEN. Je passe un examen ?

— Eh bien, c'est-à-dire… Cela donne quelquefois la nausée ?

— Oui, mais encore ? Il tend son long cou vers le haut. N'avez-vous pas entendu parler d'effets plus spectaculaires ?

— Hum. Cela peut rendre confuses les personnes âgées.

— Oui, mais encore ?

Puis-je dire à un professeur que je donne ma langue au chat ?

Il se lève de sa chaise en pointant le doigt en l'air. C'est assez terrifiant, je me recroqueville encore plus.

— Eh bien, cela peut leur donner des troubles obsessionnels compulsifs ! *Je hoche fermement la tête comme si je le savais.* Vous n'ignorez pas que la dopamine est très impliquée dans la motivation ? *Hum… Bien sûr.* Nos patients peuvent avoir leurs envies décuplées dans certains domaines avec ces médicaments. Heureusement, cela ne touche qu'une minorité d'entre eux.

Je ne vois pas vraiment où il veut en venir mais je l'écoute attentivement. C'est peut-être juste un petit cours improvisé de bon matin !

— Je vous ai donc sélectionné cinquante dossiers dans notre base de données.

Aïe, l'or en barre est en train de me tomber sur la tête !

— Ces cinquante patients ont tous eu ce type d'effets secondaires. J'aimerais que vous m'analysiez les divers troubles présentés : le type de médicaments prescrits, leur dose, et cetera.

Je ne suis pas sûre d'aimer le terme « et cetera ». Quand il y a un début, il faut une fin !

— Vous essayerez de m'établir des corrélations entre les différentes variables. Ce travail rétrospectif n'a jamais été fait. C'est étonnant, vous ne trouvez pas ? Évidemment, cela nécessite préalablement une revue de la littérature précise dans ce domaine…

— Hum…

Mes épaules s'affaissent de quelques centimètres. Je ne vais bientôt plus dépasser du bureau !

— J'aimerais beaucoup que ce travail fasse l'objet d'un poster dans un congrès international.

— Ah oui ?

— Et bien sûr, d'une publication !

C'est le coup de grâce !

— Hum… D'accord.

Je ne peux m'empêcher de grimacer en disant cela, mais de toute façon « el professor » regarde le plafond en mordillant la branche de ses lunettes.

M. Daguain voit grand, il n'est pas chef de service pour rien.

Je suis folle d'avoir accepté. Mais avais-je vraiment le choix ?

— Au fait ? Il y a un congrès à Stockholm mi-avril. Vous pensez que cela sera fini ?

Je sens qu'il va m'achever ! Je compte avec mes doigts.

— Quatre mois ? Je vais essayer, monsieur.

En arrivant dans le service, je suis accueillie par M. Lelguen qui déambule dans les couloirs.

— Fernande, Fernande ! Les Allemands arrivent, je les entends ! Viens, on va se cacher !

Cette journée commence sur les chapeaux de roues ! Quand on n'est pas du matin, c'est un peu dur.

Il m'entraîne par le bras, ce qui lui permet de s'appuyer sur moi plutôt qu'au mur.

Je me sers de la main qu'il me tend pour le ramener tranquillement et gentiment dans sa chambre.

— Monsieur Lelguen, n'ayez crainte, dis-je calmement. La guerre est derrière vous ! Allongez-vous.

Quarante années d'alcoolisme chez cet ancien de la marine marchande ont abîmé son cerveau. Dans notre jargon, on parle de démence alcoolique et de syndrome de Korsakoff.

Cela donne des oublis à mesure : toute information doit lui être répétée dans la minute qui suit. C'est un peu usant pour l'équipe.

Les « fausses reconnaissances » sont les plus surprenantes.

Aujourd'hui, je suis Fernande, demain, je serai quelqu'un d'autre…

Une fois rallongé dans son lit, M. Lelguen se calme, la guerre 39-45 est bel et bien terminée. Je lui allume la télévision en espérant trouver un programme qui l'apaisera. Pourquoi pas ce reportage sur l'Océanopolis de Brest ? Le côté relaxant des poissons, c'est bien connu…

Je pousse un long soupir en sortant de la chambre. Que va-t-il devenir ?

Il n'a même pas soixante ans, pas de famille, donc personne pour le prendre à la maison.

Notre assistante sociale est sur le coup, elle a la dure mission de trouver un EHPAD[1] qui l'accepte à cet âge. Mission quasi impossible.

1. Établissement d'hébergement pour des personnes âgées dépendantes.

Cerise sur le gâteau, son cervelet a également été touché par l'alcool : il marche comme s'il était sur un bateau en écartant les jambes et en faisant de grandes embardées. Normalement, il est censé utiliser son déambulateur mais il l'oublie tout le temps…

Je me souviens avoir lu la description du syndrome de Korsakoff dans le livre d'Oliver Sacks *L'homme qui prenait sa femme pour un chapeau*[1], il y a quelques années. Cela m'avait plutôt fait sourire et j'avais trouvé que le cerveau humain était bien complexe et mystérieux. Je n'avais en revanche pas réalisé qu'il n'y avait aucune perspective d'amélioration pour ces patients et que la prise en charge était si contemplative et désespérante. Pauvre M. Lelguen !

Farah a commencé les transmissions avec l'équipe du premier secteur. J'enfile ma blouse en m'excusant pour le retard.

— Je n'y suis pour rien, je te raconterai !

Je me dirige vers Valérie, l'infirmière de l'autre secteur, une feuille et un stylo à la main.

— Il n'y a pas grand-chose pour tes patients, Marie-Lou, à part M. Lelguen qui a encore fait des siennes cette nuit.

— Je ne suis pas plus étonnée que ça, dis-je en haussant les épaules. Vu comme il était agité tout à l'heure !

— Il a quand même été retrouvé par le veilleur de nuit, en slip, dans le hall d'entrée ! À deux heures du matin ! Il pensait être à la piscine.

1. Oliver Sacks, *L'homme qui prenait sa femme pour un chapeau,* coll. « Points Essais », Seuil, 1992.

Je ne peux m'empêcher de sourire.

— Il va falloir que j'augmente ses somnifères et ses tranquillisants.

— Oui, je crois qu'il va falloir faire quelque chose, acquiesce Valérie. Si on l'envoie dans cet état en maison de retraite, cela va être « retour à l'envoyeur » direct.

« Sinon, chambre 56, M. Kerderf est tombé cette nuit malgré les barrières de son lit. Il voulait aller uriner et n'a pas osé sonner. Je n'ai pas l'impression qu'il se soit fait mal, mais on n'a pas pris le risque de le lever avant que tu l'examines.

J'espère qu'il ne s'est pas fracturé le col du fémur ! Vouloir escalader des barrières à quatre-vingt-deux ans ! On aura tout vu !

— Chambre 59, Mme Blanchard a 39 °C de température ce matin. L'aide-soignante, hier soir, l'a entendue tousser quand elle prenait son potage. Elle a peut-être inhalé ?

Effectivement, cette patiente a une paralysie faciale séquellaire de son accident vasculaire, elle doit avoir des troubles de déglutition.

Le potage n'était sans doute pas une bonne idée, il faut que je demande à l'orthophoniste de l'évaluer.

— OK, j'irai l'ausculter.

— Chambre 60, Mme Baudouin va bien, le moral est meilleur. Ça lui a fait du bien d'être verticalisée hier avec la kinésithérapeute. Elle avait très peur de ne plus pouvoir remarcher.

— Ah, c'est bien ! *Au moins une bonne nouvelle !* Il faut que j'appelle sa fille pour discuter d'une convalescence.

Une fois les transmissions terminées, la visite de mes treize patients peut commencer.

Entre deux chambres, je raconte à Farah l'histoire de l'or en barre et elle éclate de rire.

— À une minute près, c'était pour moi ! Tu te rends compte ?

— Malheureusement, oui ! dis-je, résignée. J'ai gagné ma journée.

— Eh bien, tu seras sans doute contente d'apprendre que je viens de croiser Lucas Godard, notre chef de clinique, et qu'il nous attend pour manger !

Je lève les yeux au ciel en poussant un long soupir.

Serons-nous obligées de nous le coltiner tous les midis pendant six mois ? Au secours !

Pourquoi voudrait-il qu'on rigole à ses blagues salaces, alors qu'il est tellement désagréable dans le service ? Ce n'est jamais drôle et souvent misogyne.

En plus, il mange au lance-pierre et postillonne quand il parle. Je ne serais pas étonnée qu'il fasse de l'aérophagie.

Il est dix-neuf heures quand j'éteins enfin l'écran de l'ordinateur.

Je viens de batailler avec le logiciel de prescriptions. Je ne vais jamais m'y faire.

Il faut tout vérifier ! Je pensais avoir prescrit dix gouttes de Rivotril au coucher, je viens de me rendre compte que la posologie de cet anxiolytique apparaissait en milligrammes. Ce n'est pas du tout pareil. Surtout rester concentrée !

J'ai la tête qui va exploser ! Les 25 °C ambiants n'arrangent rien.

Cette température est idéale pour les patients qui restent en pyjama, mais en robe en laine avec une blouse par-dessus, c'est juste étouffant ! Il faut que je sorte !

Mon cours de zumba, ce soir, va être un vrai défouloir. J'ai vraiment besoin de ces deux heures de danse effrénée dans la semaine pour évacuer le stress.

J'avais accompagné Anna à son cours il y a trois semaines, un peu en traînant les pieds. Le phénomène de mode m'agaçait, même si je ne savais pas très bien en quoi cela consistait. J'étais ressortie de là, rouge comme une tomate et toute dégoulinante.

Je ne m'attendais pas à un effort aussi intense. Cela m'avait convaincue et j'avais même entraîné Farah. Pas envie de m'encroûter cet hiver !

Le cours est organisé par une association de quartier, c'est sans doute pour cela que l'ambiance est aussi sympathique ! C'est vraiment bon enfant, sans prétention et sans complexes.

Ce soir, j'irai seule. Farah est de garde et Anna a un rendez-vous important, paraît-il.

Cette dernière est de plus en plus mystérieuse, cela m'inquiète un peu. J'habite avec elle depuis un mois et je ne sais rien de sa vie privée. Je n'ai pas l'habitude de relations aussi superficielles et commence à en avoir marre qu'elle ne me livre que les histoires des autres.

Je connais par cœur les potins de nos collègues internes, leurs extravagances aux différents tonus… En tant que présidente de l'internat, elle est aux premières loges !

Je pense n'avoir jamais eu de discussion sérieuse avec elle.

Sait-elle au moins que j'ai fait la connaissance de son cousin Matthieu ? Je n'ai pas encore osé lui en parler. Comment prendrait-elle le fait que je lui aie sauté au cou l'autre soir ?

La séance débute par une salsa tout en douceur.

« Un pas en avant, un pas en arrière. » Ce n'est pas facile de se déhancher quand on n'est pas cubaine mais savoyarde d'origine.

Je me retrouve à côté de Jacqueline. Cette petite grand-mère dynamique a acheté la tenue intégrale « zumba ». Elle arbore avec fierté son large pantalon de jogging et son bandeau en coton bleu fluo assorti à son débardeur en lycra.

J'aime bien me mettre à côté d'elle. Jacqueline ne suit jamais réellement la chorégraphie mais danse avec tellement d'énergie !

En tout cas, elle n'arrête pas de rigoler pendant tout le cours. Ce cancre de soixante-dix ans me donne souvent des fous rires. Elle en joue.

On enchaîne sur une cumbia. « Talon en avant, pointe en arrière… Vers la gauche, puis vers la droite. » Le rythme s'accélère, Jacqueline ne tarde pas à faire n'importe quoi et à s'agiter dans tous les sens. Je commence à transpirer à grosses gouttes !

Je rentre à l'appartement en courant, revigorée.

À ma grande surprise, la lumière de ma chambre est allumée.

Anna ne devait-elle pas avoir un rendez-vous ?

Je la trouve penchée au-dessus de ma table de nuit en train de redresser ma lampe et de ramasser mes livres tombés par terre.

— Anna ? Qu'est-ce que tu fais là ?

Je la fais sursauter et me rends compte qu'il n'y a plus de literie sur mon lit. Tout a été enlevé : taies d'oreillers, housse de couette, drap-housse…

— Tu as engagé une femme de ménage ou quoi ? Je n'ai plus de draps !

Elle sourit en secouant la tête.

— Ne me dis pas que tu as utilisé mon lit pour faire des cochonneries ! dis-je, horrifiée.

— Mais non, j'ai assez du mien pour cela ! Non, tu n'y es pas du tout ! C'est Matthieu !

Je marque un temps d'arrêt, perplexe.

— Tu veux dire… Le cousin qui débarque à l'improviste en pleine nuit ?

Elle me regarde en se mordant les lèvres.

— Ah, excuse-moi… Tu as déjà fait sa connaissance à ce que je vois !

— Oui, on peut dire ça comme ça.

Elle peut toujours courir pour avoir des détails.

Pourquoi Matthieu aurait-il enlevé mes draps et renversé tous mes livres ? À mes sourcils froncés, Anna voit que j'ai besoin d'explications supplémentaires.

— Pour tes draps, ne t'inquiète pas… Matthieu est à la laverie en bas. Il gère.

— Ils n'étaient pourtant pas sales ! Qu'est-ce qu'il manigance encore ?

Anna, pour une fois, semble gênée.

— Eh bien, il est venu avec Écume, son labrador… Il est encore un peu jeune, tu comprends… Un peu foufou.

— Et ?

— Ben, je ne sais pas, c'est incompréhensible ! Tel maître, tel chien ! À peine est-il entré dans l'appartement qu'il est devenu incontrôlable ! Il a foncé dans ta chambre et s'est roulé dans ton lit !

Je suis tombée dans une famille de fous.

— Matthieu n'a rien pu faire, il était aussi étonné que moi. On lui a couru après mais c'était trop tard. Il y avait des poils partout ! C'était dégoûtant ! J'ai engueulé Matthieu et je l'ai envoyé direct à la laverie. Elle est ouverte vingt-quatre heures sur vingt-quatre.

Tel maître, tel chien ? Qu'est-ce qu'elle entend par là ? Matthieu n'a jamais fini dans mon lit ? Que lui a-t-il dit ?

— J'ai l'impression que je ne suis pas au bout de mes surprises avec ton cousin !

Anna me regarde d'un air faussement désolé.

— Elle se trouve où, cette laverie ?

— En bas de la rue, à droite... Rue de Lyon, à l'angle de la rue de Siam.

Je sors de l'appartement en courant et l'entends me crier du haut de la cage d'escalier :

— Tu les as envoûtés ou quoi ? Je ne reconnais pas Matthieu, il n'arrête pas de me poser des questions sur toi. Elle fait quoi, Marie-Lou ? Elle aime quoi ? Elle est où en ce moment ? Il débarque à l'appart' presque tous les jours et maintenant c'est le chien qui débloque !

Je descends les marches quatre à quatre, le sourire aux lèvres. Elle ne pouvait pas me faire plus plaisir.

Rue de Lyon, je remarque tout de suite le néon rouge qui clignote dans la nuit.

Je ralentis le pas et l'aperçois en train de papoter à l'intérieur, adossé à la machine.

Je crois reconnaître le fameux Jo du *Gobe-mouches*. Ah oui, c'est la même casquette orange ! Sous son manteau vert matelassé de chasseur, je suis sûre qu'il porte son super tee-shirt.

Tout en lui parlant, Matthieu caresse son chien, un gros labrador blanc avec un collier rouge. Voilà le coupable !

Il est assis sagement, collé à sa jambe, et ne semble porter aucune attention à l'horrible saucisse sur pattes qui déambule en rasant le sol.

Je n'ai pas encore franchi la porte que le quadrupède se redresse et me regarde.

Pas le petit teigneux, le gros labrador. C'est assez effrayant !

Il écarquille les yeux pendant un quart de seconde et relève ses oreilles. C'est trop tard ! Il court déjà vers moi en ondulant du derrière. J'ai juste le temps de faire deux pas en arrière sur le trottoir qu'il se jette sur moi les deux pattes sur les épaules.

Je tombe à la renverse sans trop comprendre ce qu'il m'arrive.

Aïe ! Je me suis encore cogné la tête ! Une nuée de petites lucioles traversent mon champ de vision, suivies de près par des limaces qui ondulent de gauche à droite. Une voix m'arrive de loin comme un écho.

— Marie-Lou ? Marie-Lou ?

Une éponge râpeuse et mouillée me balaye la joue.

Pour la deuxième fois, Matthieu se tient au-dessus de moi, la mine navrée. Il a troqué son V de pyjama contre le col d'une épaisse veste de quart. Il repousse son chien.

— Écume ! crie-t-il. Arrête de la lécher ! Écume ! Laisse-la tranquille… Marie-Lou ?

Je reprends mes esprits.

— Il devient fou, ce chien ! s'exclame Matthieu en secouant la tête d'un air gêné. T'as des phéromones ou quoi ?

— Oui, ça doit être ça ! Mais ça marche uniquement sur les chiens !

Et on éclate de rire tous les deux.

8

Ça ressemble à un gros cornichon

Farah semble ennuyée d'avoir terminé avant moi.

Elle est beaucoup plus rapide et organisée. Après tout, elle a cinq ans d'internat derrière elle.

Comment ai-je fait pour avoir une tonne de courriers en retard au bout d'un mois ? C'est juste une catastrophe.

J'ai pris de bonnes résolutions : rattraper tout mon retard ce soir et dicter les vingt courriers qui restent.

Cela ne me dérange pas de finir tard un vendredi soir, j'ai tout le week-end pour me reposer.

Enfin, si Anna n'a rien prévu pour moi… Je me méfie un peu. Madame a un planning de ministre. Le week-end dernier, on est restées chez Gonzo jusqu'à six heures du matin. On devait juste prendre l'apéro. Une petite belote et rebelote…

— Je t'appelle ce week-end, dit Farah en enfilant sa veste. Samedi soir, je vais au cinéma avec Bertrand. Si tu veux te joindre à nous…

— Tu es mignonne, mais je ne pense pas que Bertrand soit enchanté. C'est toi qu'il a invitée. Tu as un rencard, ma belle, assume !

Elle rougit. Je pense que cela l'effraie un peu.

Bertrand est interne en troisième année de neurochirurgie. Il se spécialise dans la chirurgie fonctionnelle de l'épilepsie et de Parkinson. Il vient souvent nous voir pour discuter de dossiers. Tout spécialement avec Farah d'ailleurs.

J'avais déjà remarqué ce grand brun filiforme à la première réunion du bureau de l'internat. Il n'avait d'yeux que pour elle.

Il jouait au billard avec Hugo, son co-interne. Laurel et Hardy. Il est bâti sur deux échasses, n'a presque pas d'épaules et des doigts interminables.

Bertrand est le meilleur ami de Matthieu, ils sont inséparables, paraît-il. Je ne peux m'empêcher de penser que ce n'est pas un hasard.

Je suis ravie pour Farah, ses yeux brillent en pensant au rendez-vous de demain.

Il n'y a rien de plus beau que les premiers instants.

J'ai pour ma part complètement raté ma rencontre avec Matthieu. J'étais bourrée et amnésique. Il y a plus romantique…

Est-ce vraiment irrattrapable ?

Je soupire en regardant la pile de dossiers devant moi.

Je dicterai celui de M. Lelguen en dernier. Deux mois d'hospitalisation à résumer en un courrier, je n'ai pas le courage. Le plus dur sera de retranscrire les observations de l'interne précédent. Ah, je pourrais écrire un livre sur ses aventures et péripéties dans le service ! Il va me manquer.

J'actionne la sténorette.

«Courrier pour Mme Blanchard à adresser au docteur Le Gall à Daoulas... Cher confrère, votre patiente, Mme Blanchard, née le 22 janvier 1932, a été hospitalisée dans le service de neurologie du CHU de Brest du 15 novembre au 2 décembre pour la prise en charge d'un accident vasculaire sylvien gauche...»

En voyant Lena entrer dans le bureau, j'appuie sur la touche «Pause».

J'apprécie beaucoup cette infirmière, elle est toujours souriante et affable. Sa longue expérience dans le service me rassure, elle reste d'un calme olympien en toute situation.

— Marie-Lou... Tu peux venir? Mme Calloch est décédée...

J'ouvre de grands yeux étonnés. Ai-je bien entendu? Elle m'aurait annoncé de la même manière : «Tu peux venir? Le café est servi.»

— Mais... C'était attendu? Je ne la connais pas. Enfin, ne la connaissais pas..., dis-je, un peu fébrile. Elle était du côté de Farah.

— Oui, elle est arrivée hier... Un AVC massif avec engagement. Farah avait rencontré sa famille, ils étaient au clair.

Au clair? Mais moi, pas du tout!

L'angoisse monte, je n'ose pas lui dire que je n'ai jamais vu de mort de ma vie.

— Que dois-je faire? C'est la première fois que cela m'arrive... Euh, en tant qu'interne, je veux dire...

— Eh bien, tu dois constater le décès puis remplir les papiers administratifs. Par contre, tu ne peux pas les signer. Seul un médecin senior peut le faire.

J'ai très envie de lui répondre : « Alors pourquoi ne pas appeler le chef ? »

Une solution de fuite en quelque sorte. Cela ne serait pas bien perçu par l'équipe ni par le chef bien au chaud chez lui avec ses bambins.

Non, arrête de réfléchir et lance-toi ! C'est ton premier constat de décès mais sûrement pas le dernier.

Il y a des moments dans la vie où on aimerait vraiment être ailleurs.

Il a fallu que je m'y reprenne à plusieurs fois avant de pousser la poignée.

Ça y est, c'est fait. Je n'ose même pas la regarder.

Cette scène est hors du temps et me paraît complètement irréelle. Ce n'est pas une personne devant moi, c'est un corps.

Pourquoi est-ce si effrayant ?

Franchement, cela m'aiderait de penser qu'il y a quelque chose après la mort.

Un après.

Là, c'est juste un grand vide et rien d'autre.

Pourquoi ne crois-je pas en Dieu ?

C'est en moi, je n'y peux rien.

J'ai pourtant reçu une éducation catholique à laquelle je suis restée complètement hermétique.

Je me rappelle, toute petite, je me demandais pourquoi on avait inventé toutes ces histoires…

Je ne crois que ce que je vois. Et là, il y a un corps inerte devant moi.

Je suis pétrifiée à l'idée de la toucher.

Il va bien falloir que je certifie le décès. Comment fait-on cela ? Je n'ai jamais eu de cours là-dessus.

Je dois vérifier l'absence de pouls en prenant son poignet ou en palpant son cou au niveau des carotides, j'ai vu cela dans un film policier.

Elle doit être froide et dure comme une poupée de porcelaine.

Celles qui me terrifiaient tant chez ma grand-mère avec leurs yeux immobiles.

Je m'approche.

Vu la couleur de sa peau tirant vers le jaune, cela ne fait aucun doute, elle est bien morte.

Certains endroits sont légèrement bleutés, surtout au niveau des plis du coin de la bouche.

Le silence est oppressant, le néon pâle au-dessus du lit ne fait qu'accentuer le malaise.

Ce corps avait une vie avant ? Une famille, une histoire ?

Tout se termine là dans cette chambre. Sans personne.

Le malaise grandit.

Évite de réfléchir, Marie-Lou !

J'ai chaud tout à coup, il faut que je sorte m'oxygéner un peu.

Devant la porte de service, une aide-soignante me propose une cigarette.

Mon visage décomposé doit lui faire pitié. Je ne me souviens pas avoir déjà fumé. L'envie soudaine d'envoyer promener la petite Marie-Lou, si sage et si coincée, s'impose à moi.

En tirant longuement sur ma cigarette, le stress retombe et se transforme en une douloureuse mélancolie.

J'ai vu la mort de près. Pas n'importe laquelle, celle d'une illustre inconnue.

Quelle sera ma réaction quand cela touchera mes proches ? Je ne veux même pas y penser.

Ai-je déjà dit à mes parents que je les aimais ?

La vie est définitivement trop courte.

— Allô, Maman ?

— Oui ? Tout va bien, Marie-Lou ? Ta voix est bizarre…

— Hum… Je t'appelais juste pour te dire que je rentre à Noël, je viens de prendre ma décision. Je resterai une semaine.

— C'est Mathilde qui va être contente ! Elle m'a dit t'avoir eue au téléphone, tu n'avais pas le moral.

— Si, si… Tout va bien, dis-je en masquant avec peine mes pleurs. Je n'ai pas encore eu le temps de m'habituer au rythme. C'est dur parfois… Les gardes, le service… J'ai hâte de vous voir.

— Tu nous manques aussi, ma chérie. Courage ! Je suis si fière de toi.

Je ne peux rentrer dans cet état d'esprit à l'appartement.

Anna doit être sortie, je vais me retrouver seule face à un frigo vide. Pas de plaquette de chocolat non plus pour me détendre.

Je pourrais sonner chez Farah mais ce n'est pas très sympa de lui parler boulot. C'était tout de même sa patiente…

En passant à vélo devant l'internat, je pense à la fresque que je n'ai pas encore commencée.

Il faudra bien que je m'y mette un jour, le tonus est dans quinze jours. La mallette et les pots d'acrylique m'attendent au pied du mur. Il n'y a plus qu'à…

Après tout, la peinture a des vertus thérapeutiques, c'est bien connu. Elle aura au moins le mérite de me changer les idées.

C'est un peu surréaliste.

Je me retrouve à peindre « des quéquettes et des nichons » debout sur un escabeau face au mur de l'internat.

Heureusement, le réfectoire est désert le vendredi soir. Les collègues de garde aux urgences n'ont pas encore mangé à cette heure.

Dès vingt-trois heures, je plierai les voiles, ni vue ni connue. Je prendrai soin de recouvrir mon chef-d'œuvre. La surprise doit être garantie.

Anna, je te revaudrai ça !

Je n'ai jamais dessiné des trucs pareils et encore moins sur le mur d'un lieu public.

Si mon père me voyait ! « Mamma mia ! Ma fille ! Tu as perdu la tête ! »

Je m'applique pour que le sexe du fakir en érection fasse le plus vrai possible. C'est plus fort que moi, je tire toujours la langue quand je suis concentrée. J'ai choisi le plus fin des pinceaux pour parfaire les effets de relief.

Le fakir en question est assis sur une balançoire. Il reste fier et souriant malgré les clous plantés dans la planche de bois. Bien sûr, il ne porte pas de caleçon, cela va de soi.

Face à lui, une acrobate en sari rouge est couchée sur un autre portique, la tête bien en avant. Quelques centimètres les séparent, cela reste suggestif.

Je me suis inspirée du livre *Kama Soutra* du dessinateur Albert Dubout.

Je me suis faite discrète en l'empruntant la semaine dernière à la médiathèque dans le rayon « dessins érotiques ».

Je vais d'ailleurs inscrire « d'après Dubout » en bas à droite de la fresque, cela fera office de signature.

Je n'assume pas totalement.

La porte battante s'ouvre avec fracas, je sursaute et donne un grand coup de pinceau.

Mince, la « quéquette » ressemble maintenant à un gros cornichon !

Déjà que je l'avais faite trop courbe et biscornue, voilà qu'un gros poil se dresse sur le dessus.

Comment vais-je rattraper ça maintenant ?

Hugo, Bertrand et Eduardo, le trio d'internes de neurochirurgie, entrent dans le réfectoire d'un pas assuré.

Oh non, pas eux ! Je ne peux plus me cacher.

Hugo est le petit rigolo de la bande. Il est vif et rusé et se fait sans cesse remarquer au staff de neuroradiologie. Bien qu'en première année d'internat, il prend souvent la parole pour donner son avis et toujours avec à-propos. Le professeur Mercier, son chef de service, a l'air d'apprécier son franc-parler. On peut dire que c'est plutôt rare au CHU où les internes doivent être corvéables à merci et surtout ne pas trop se faire entendre.

Il serait déjà pressenti pour remplacer son patron dans quinze ans ! Il promet, celui-là.

Je le vois foncer droit vers moi. *Aïe, ses remarques vont être cinglantes.*

— Eh Marie-Lou, qu'est-ce que tu bricoles en salopette bleue ?

— Tu vois, je fais de l'art !

J'essaie tant bien que mal de dissimuler le gros cornichon en me plaçant devant, je dois me mettre sur la pointe des pieds. Sur un escabeau, ce n'est pas évident.

Hugo se contorsionne pour mieux voir.

— Dis donc, déclare-t-il en fronçant les sourcils. Il faut que tu demandes à Eduardo de te montrer à quoi ça ressemble… Tu m'as l'air novice en la matière !

Ça y est, il commence.

Eduardo pique un fard tout en fixant ses pieds. Je suis étonnée qu'il reste à l'écart et ne vienne pas me saluer. Pas sûr qu'il apprécie l'humour grivois de cette fresque.

Il n'a qu'à jeter un œil sur les murs autour de lui pour voir que je n'y suis pour rien. Tradition oblige. Il faut un minimum de « quéquettes et de nichons » pour que la promotion valide.

Eduardo est argentin, il est arrivé à Brest en même temps que moi.

Le professeur Mercier, grand spécialiste de la chirurgie de l'hypophyse, lui a proposé un stage de six mois dans son service.

Il paraît que c'est une pointure lui aussi dans son domaine, il m'a expliqué qu'une place l'attendait dans une des cliniques les plus prestigieuses de Buenos Aires.

Mardi dernier, je suis allée lui parler d'un patient qui se plaignait d'avoir du mal à marcher depuis quelques jours. On venait de lui diagnostiquer une compression de la moelle cervicale. En étudiant méticuleusement les différentes séquences d'IRM sur l'ordinateur, Eduardo m'a soufflé en quelques mots concis qu'il retenait l'indication chirurgicale.

J'ai été surprise par sa timidité. C'est plutôt inhabituel chez un interne de chirurgie ! La barrière de la langue était sans doute en partie responsable. C'est à peine s'il m'a regardée. En tout cas, mon patient a été transféré le jour même dans son service. Efficace, le garçon !

Le bel Argentin finit par se dérider et s'approche de l'escabeau.

— C'est quoi, ton livre ? me demande-t-il en soulevant le *Kama Soutra* posé à mes pieds.

— Euh… Je m'inspire des dessins de Dubout. C'est un dessinateur français. Tu connais ?

Je n'ai pas très envie qu'il le feuillette, il va vraiment me prendre pour une grosse cochonne. On y trouve à peu près toutes les positions au fil des pages.

— Non, je ne connais pas.

— Tu vois, me justifié-je un peu gênée, il y a vraiment de la recherche.

Je ne suis pas sûre que l'humour carabin soit le même en Argentine.

— C'est quoi le thème du tonus ?

— « Soirée indienne ».

— Ah… D'où les turbans sur la tête.

— Exactement… Tu viendras ?

— Je pense, oui… Je suis de garde le lendemain, je ne resterai pas tard.

Je les regarde se servir dans les frigos et n'ose plus toucher aux pinceaux.

— Vous êtes tous les trois de garde, ce soir ?

— C'est un peu ça, on avait cours avec le patron. Il adore nous retenir le soir, soupire Bertrand. Histoire d'être sûr que ses internes n'aient pas de vie privée... En ce moment, il corrige les copies. On fait un débriefing dans une heure. Je vais encore en prendre pour mon grade. La dernière fois, j'ai eu un zéro pointé.

— C'est de l'esclavage, les garçons. Si ce n'est pas pour vous tester...

Je repense à l'or en barre du professeur Daguain et me dis qu'on est tous dans le même bateau.

Hugo a décidé de ne pas me lâcher. Il s'assoit à la table juste devant moi, la tête en l'air, pour ne surtout rien rater du spectacle.

Trop curieux, celui-là. Il n'avait qu'à se porter volontaire pour m'aider l'autre soir, au lieu de jouer au billard.

C'est uniquement parce que Anna a lourdement insisté qu'il s'est retrouvé responsable de la sono. Il est tout seul pour cette mission, lui aussi. Bien fait pour lui !

— Bon, je vais y aller, dis-je en descendant de l'escabeau. Je n'aime pas être observée... Surtout quand je peins une partouze dans un palais de maharaja ! Je reviendrai.

— Mince alors ! s'exclame Hugo. Ça devenait intéressant.

— Tiens, rends-toi plutôt utile et aide-moi à recouvrir la fresque avec ce drap.

Je ne suis pas sûre que le gros scotch résiste à la curiosité de mes congénères. Tant pis, j'aurai fait ce que je pouvais.

Sur mon vélo, je suis d'humeur plus légère.

Le vent me glace le visage, j'enfouis mon menton dans ma grosse écharpe de laine.

En traversant le pont de Recouvrance, je souris rien qu'en repensant à la tête d'Eduardo quand il a vu la fresque. Mon père aurait eu la même expression, je crois.

C'est tout à fait ça, ce garçon vient d'une autre époque. Cela n'enlève rien à son charme.

J'ai du mal à l'imaginer en plein tonus. Sais-je moi-même à quoi m'attendre ?

Le brouillard m'enveloppe de nouveau, la lumière des lampadaires forme un halo qui vient se fondre dans ce nuage noir et opaque.

Cela me fait penser aux photos de Brassaï des années trente. J'en arrive à trouver cela presque romantique.

Je progresse.

9

Les cupcakes de Barbara

Brigitte Kerlau me fusille du regard.

Elle est assise au fond de son fauteuil et semble prisonnière entre ses deux accoudoirs.

Elle ne peut manifestement pas bouger d'un centimètre, ses traits restent figés autour de ses yeux écarquillés comme un masque vénitien de la commedia dell'arte.

Ses lèvres légèrement entrouvertes essaient de me dire quelque chose. Je m'approche pour pouvoir l'entendre. Sa voix est sourde et monotone.

— C'est quoi, cette idée de ne pas me donner mes médicaments du matin ? J'ai mal partout ! Ma main tremble, mon menton a d'horribles secousses. Je suis tellement raide que je ne peux pas me lever de ma chaise. Quel supplice, c'est inhumain !

Lucas m'a expliqué au lance-pierre les différents tests à réaliser quand un patient était hospitalisé pour une maladie de Parkinson.

Quand une stimulation cérébrale est envisagée, on doit examiner les patients avant qu'ils prennent leur traitement du matin et les réexaminer après la prise.

Une amélioration significative après traitement par dopamine est la condition *sine qua non* pour évoquer une chirurgie.

« Ce n'est pas trop grave de décaler leurs médicaments comme cela ? ai-je demandé naïvement à Lucas.

— Si c'était dangereux, on ne le ferait pas ! » m'a-t-il répondu sèchement, comme à son habitude.

Je ne m'attendais tout de même pas à ce que le sous-dosage médicamenteux soit aussi inconfortable ! Il faut vraiment que je me dépêche.

Le professeur Daguain nous a montré lors de sa dernière visite comment bien évaluer ces patients. On doit coter leur raideur et leurs tremblements dans les deux situations, sur une échelle de zéro à cinq. Leur diction, leur faciès, leur stabilité à la marche doivent aussi être pris en compte.

— Ça ne va pas être long, je vous le promets. Juste le temps de vous examiner et je vous donne vos médicaments. On est obligé d'en passer par là. Allez, c'est bientôt fini !

Je lui prends le bras, elle détourne la tête.

Elle souffre trop pour être réceptive à mes explications. J'ai l'impression d'être une tortionnaire.

Quand je reviens la voir, trente minutes après, c'est une autre personne qui me reçoit.

Elle me sourit et son visage paraît beaucoup plus détendu.

Je prends alors conscience de la beauté de ses traits, de ses yeux bleu lavande qui dégagent tant de douceur, de la finesse de son nez.

Sa peau est si pâle qu'on a l'impression qu'elle n'a jamais été exposée au soleil ! Je devine quelques taches de rousseur au niveau de ses pommettes, elles sont presque invisibles.

Elle a pris le temps de se maquiller légèrement et de coiffer ses cheveux blonds en les attachant avec une pince. C'est bon signe, cela signifie qu'elle va mieux.

Elle s'excuse avec élégance pour tout à l'heure. Je lui réponds de même dans une version plus pataude et maladroite.

Je la rassure aussi, l'amélioration sous traitement se révèle spectaculaire. C'est très positif.

Je dois remplir tout un tas de questionnaires pour le bilan pré-chirurgical.

Il y a certaines questions que je juge très intrusives, je suis mal à l'aise de les lui soumettre.

Cela concerne ses envies, ses émotions, ses affects…

Je me rappelle alors l'or en barre du professeur Daguain et le rôle de la dopamine dans la motivation. Cette fameuse molécule doit avoir une action plus vaste que je ne le pensais vu les questions que j'ai à poser à Mme Kerlau.

Je suis donc amenée à entrer dans son intimité.

Elle m'explique ses difficultés à accepter sa maladie, à sentir son corps se transformer.

Elle utilise même le terme de « pantin désarticulé » quand elle ne se sent pas bien.

Le regard des autres semble être un supplice du quotidien. Un seul coup d'œil gêné d'un illustre inconnu peut ruiner sa journée.

— L'apparence n'avait pas autant d'importance quand je n'étais pas malade. Il paraît même que j'étais belle, je pensais que cela serait immuable. Pas besoin d'artifices… Maintenant, je me couvre de maquillage pour m'inventer une bouche bien dessinée et un regard expressif.

Il n'y a pas de cases sur le questionnaire pour traduire cela, je n'ai donc pas de raison d'utiliser mon stylo.

Après une dizaine de minutes, je me rends compte que j'ai machinalement gribouillé des ronds entremêlés sur toute la feuille. Comme pendant le cours de philosophie en terminale. L'écoute passive n'est définitivement pas mon truc.

Mme Kerlau regarde mes gribouillis en souriant. Je relève la feuille, embarrassée.

— Euh, je remettrai ça au propre tout à l'heure… Passons maintenant à la question suivante… Je m'excuse, elle est encore très personnelle. Avez-vous déjà ressenti le besoin de protéger vos proches ?

— Bien sûr, affirme-t-elle. Je crois qu'on est tous pareils. En voulant les ménager, on est plus maladroit qu'autre chose. Mais c'est plus fort que nous !

Elle soupire longuement. Je réfrène difficilement mon envie de reprendre mes arabesques.

Elle continue un ton en dessous.

— Je crois d'ailleurs que j'ai perdu mon mari à cause de cela… Je ne voulais pas qu'il s'apitoie alors j'ai pris de la distance… Beaucoup trop.

Sa voix est devenue presque inaudible, comme une sourdine sur les touches d'un piano.

— Il a accepté un poste à La Réunion, il paraît qu'il vit sur un bateau là-bas…

À l'évocation de son fils, les larmes affluent et stagnent au coin de ses yeux.

— Je suis parfois méchante, vous vous rendez compte ? En faisant à ma place il veut m'aider, mais c'est tout le contraire ! Il m'infantilise et me réduit à néant ! Je suis tellement en colère dans ces moments-là… J'aimerais être une maman-ressource et non un boulet qu'on traîne…

Les larmes se mettent à couler sur ses joues et je retiens les miennes.

Est-ce cela que les psychiatres appellent « transfert » ? Difficile de lutter, cette patiente a l'âge de ma mère.

C'est fou, elle a le même grain de voix ! Cette façon de la moduler avec l'émotion et de finir ses phrases en un soupir.

Où s'arrête l'empathie ? Quand dois-je mettre de la distance ?

Le professeur Daguain a l'air de maîtriser cela de main de maître. Il s'assoit sur les lits, caresse les bras, écoute longuement. Il ne s'apitoie pas, trouve la phrase qui apaise sans jamais mentir. Pas de promesse de miracle, juste un peu d'espoir…

Je veux qu'il m'apprenne !

Pour l'instant je suis là, avec mon stylo, à remplir des cases et à essayer de retenir mes larmes.

Lucas entre dans la chambre, c'est tout juste si j'ai entendu frapper.

— Marie-Lou, je peux te parler ?

Il se penche sur ma feuille toute gribouillée et lève les yeux au ciel.

Aïe ! Il a l'air en colère encore une fois. Je m'excuse auprès de Mme Kerlau et sors rapidement de la chambre pour éviter qu'il ne m'assassine devant elle.

— Ne me dis pas que tu remplis les questionnaires de « qualité de vie » depuis une demi-heure ?

Il a toujours cette même façon de postillonner, je recule dos au mur.

— Alors, je ne te le dis pas, finis-je par soupirer.

— Tu sais lire ou quoi ? C'est marqué : AUTO-QUESTIONNAIRE ! C'est à ELLE de le remplir toute seule !

— Hum…

Je me disais aussi, ça faisait un peu long.

— Tu n'es pas secrétaire ! fulmine-t-il. Pff, je n'y crois pas. Il faut tout leur apprendre aux premiers semestres, même à lire ! *S'il croit qu'il m'impressionne !* Tiens, si tu aimes le bla-bla, va plutôt discuter avec la fille de Mme Baudouin ! Elle voudrait des nouvelles et t'attend dans le salon des familles. Sois concise pour une fois et surtout essaie de lui vendre la convalescence !

— Oui, chef !

Quel tyran ! Surtout ne pas s'énerver, il ne le mérite pas.

Si j'ai envie de finir plus tard ce vendredi soir, c'est mon problème. Les heures sup' n'existent pas pour les internes !

En plus, ce soir, c'est le tonus.

Je vais enfin voir à quoi ça ressemble ! Où est la frontière entre fiction et réalité ? On m'en a tellement parlé.

J'ai un peu le trac à l'idée qu'on va bientôt dévoiler ma fresque. *Le fameux cornichon...*

J'ai déjà eu un petit aperçu avec Hugo, l'autre jour ! J'irai me cacher le moment venu.

Après tout, qui se préoccupera du détail ? Avec un peu d'espoir, la boule à facettes aura déjà remplacé les néons et il fera trop sombre pour apercevoir quoi que ce soit.

Pas la peine de se presser pour la CV[1], le tonus ne débute qu'à vingt heures et je n'ai pas à m'occuper des préparatifs de la soirée.

Farah a été obligée de poser son après-midi pour dresser les tables et décorer la salle. Finalement, ce n'est pas si mal d'avoir été affectée à la fresque. Ce soir, je peux arriver comme une fleur, au dernier moment !

Je repasserai rapidement à l'appartement enfiler le sari rouge vif que je viens de commander sur Internet et mes ballerines dorées. La belle acrobate de la fresque portera la même tunique que moi. Un petit clin d'œil.

Je n'avais cependant pas réalisé à quel point cette tunique était échancrée et viens d'acheter à la dernière minute un legging couleur chair. Je n'assumais pas totalement. Heureusement que je suis plutôt grande, sinon on aurait vu mes fesses !

Mon visage pâle et mes taches de rousseur seront recouverts d'une épaisse couche de fond de teint et côté coiffure, ce sera deux longues nattes brunes jusqu'à la taille. Avec des rajouts de la même couleur que mes cheveux, on n'y verra que du feu !

---

1. Contre-visite.

Qu'est-ce qui m'a pris de décliner l'offre d'Anna de m'amener en voiture ? Je risque de faire fureur sur mon vélo ! J'ai bon espoir que mon ciré jaune couvre en partie mon déguisement.

Il vaut mieux que je sois libre pour le retour. En tant que présidente de l'internat, Anna va sûrement faire la fermeture et je ne suis pas sûre de me sentir très à l'aise dans ce genre de soirée. Qui sait ? La Marie-Lou naïve et coincée me semble déjà loin…

La musique est assourdissante.

Mes ballerines collent au lino. De la bière, du punch et d'autres substances non identifiées sont répandus sur le sol.

Je viens d'en surprendre un qui surfait sur les flaques avec sa planche de skimboard. Ce n'est peut-être pas une légende ? Il y en a qui font vraiment n'importe quoi ! Il est retombé lourdement sur le dos, ça l'a calmé direct.

Je ne compte plus les « cadavres » imbibés qui ronflent, allongés par terre. On les enjambe comme s'ils faisaient partie du décor. Quelques bonnes âmes en blouse blanche prennent la peine de leur donner des claques et de les ausculter avec leur stéthoscope.

Certains vont finir sur un brancard aux urgences, je le sens. Il n'est pas bon d'être de garde un soir de tonus !

Je me cale le dos au mur pour regarder le spectacle. Farah s'approche, deux verres de punch dans les mains.

Est-ce bien raisonnable ? Plus les autres sont saouls autour de moi, moins j'ai envie de boire.

Je lui crie à l'oreille pour qu'elle m'entende :

— Au fait ? Tu as vu Bertrand, ce soir ?

— Non, pas encore. J'ai reçu un texto il y a une heure, il était occupé avec un hématome extra-dural. Je lui ai mis de côté une assiette de poulet tandoori.

Cette fille est trop mignonne. Il en a de la chance.

Que fait donc Gonzo à genoux par terre ?

Il est allé chercher des bandes de résine aux urgences et est en train de plâtrer consciencieusement la jambe droite de son collègue. Celui-ci ne se rend compte de rien, l'alcool l'a complètement anesthésié.

Je n'ose imaginer sa réaction en se réveillant demain matin. La bonne blague ! Il faudra bien qu'il trouve un volontaire pour lui scier cette œuvre d'art. Comment expliquera-t-il cela à l'infirmière d'orthopédie ?

On ne peut s'empêcher de rire. Cette soirée part vraiment en vrille.

Face à nous, la peinture fraîche brille sous les projecteurs. Moi qui espérais que ma fresque serait dans l'ombre, c'est raté !

Le fakir se balance sur son portique, exhibant crânement ses atouts. Le faisceau rouge se projette pile sur son entrejambe. Merci, « l'ingénieur lumière » ! Malgré cette mise en valeur, le cornichon ne me semble plus si évident, vu comme ça.

Hugo le fakir s'approche de nous, la tête emmaillotée dans un volumineux turban.

— C'est vraiment réussi, me félicite-t-il. Tu aurais vu, quand Anna a fait tomber le drap ! Ils ont tous applaudi… T'es une artiste, ma belle !

— Merci, dis-je, un peu gênée. C'était la première fois que je peignais à si grande échelle… Je n'avais pas prévu qu'ils la mettent en valeur comme cela.

Je lui montre le projecteur.

— Le souci du détail, ma chère ! Regarde, ta fresque m'a inspiré, ose-t-il en se retournant et en se penchant en avant.

Un trou béant fend l'arrière de son pantalon, dévoilant fièrement ses fesses bien potelées.

L'effet de surprise et surtout l'air interloqué de Farah me font éclater de rire.

Trois internes d'ophtalmologie se faufilent devant nous sans même prêter attention aux excentricités de notre cher fakir. Ces filles se déplacent comme sur un podium, les épaules en arrière pour décoller leurs omoplates. Leur déhanché est parfait.

Elles sont juste magnifiques !

Est-ce la condition requise pour être interne dans cette spécialité ? On se le demande.

Dans cette atmosphère orgiaque, leur fraîcheur à cette heure avancée de la nuit semble irréelle. Quel est le secret maquillage que j'ignore ?

Les trois divas portent une petite robe bustier rose fuchsia et des talons aiguilles. Après tout, le déguisement n'était imposé qu'aux bizuts !

Elles ont quand même poussé l'exotisme jusqu'à mettre une fleur d'orchidée blanche dans leurs cheveux. Bel effort !

La plus grande des trois se prénomme Barbara. Je l'ai déjà croisée au bureau de l'internat. Il paraît qu'elle collectionne les mecs comme les images d'un album Panini ! Elle vient d'entamer celui de la nouvelle promotion. Attention, les pages se remplissent déjà !

Je l'entends dire à ses copines :

— Hier soir, je suis passée voir Matthieu sur son bateau. Il me fait trop craquer ! Il le sait d'ailleurs.

Tout de suite, elle me paraît moins belle, cette grande girafe ! Je bois cul sec mon verre de punch et tends l'oreille.

— Je lui ai apporté des cupcakes faits maison, glousse-t-elle. Son horrible chien a d'ailleurs failli les manger avant lui !

Ben oui, ce chien a un sixième sens ! Bravo, Écume !

— Il m'a fait visiter son voilier… Et vous savez quoi ? *Je n'ai pas trop envie d'entendre la suite mais la curiosité est trop forte.* J'ai spécialement visité sa chambre ! Il faut vraiment que je le voie ce soir pour qu'on mette en pratique ce qu'on a commencé.

Farah me regarde d'un air désolé.

C'est ça, mets en pratique ! Je m'en fiche. Je m'en veux d'être tombée dans le panneau. Comment ai-je pu croire une seule seconde qu'il s'intéressait à moi ? Je suis la pauvre colocataire, et lui joue le rôle du gentil cousin !

Je ne suis absolument pas son genre ! Il préfère les poupées Barbie qui n'ont pas froid aux yeux.

C'est à ce moment que le bel Eduardo s'approche timidement de moi et m'invite à danser.

Il ne pouvait pas mieux tomber.

— Tu ne m'avais pas dit que tu ne resterais pas tard ce soir ? Je pensais que tu étais déjà parti, lui glissé-je en posant mes deux mains sur ses épaules.

— Je ne voulais pas partir avant de danser avec toi, senora.

Ce gentleman me redonne le sourire. En penchant ma tête vers son cou, je perçois l'odeur boisée de son after-shave.

Avec son déhanché de danseur latino, il me fait réviser les pas de salsa. *Et un, deux, trois*… Il les met à toutes les sauces. Même sur du David Guetta ! Le plus étonnant, c'est que cela fonctionne ! Il danse merveilleusement bien.

La zumba à deux heures du matin, ça épuise et donne soif !

Je me dirige vers le bar pour prendre un grand verre d'eau. Si je pouvais, je me le verserais sur la tête !

Je sens qu'on m'enlace doucement par-derrière et reconnais tout de suite les grandes mains qui se posent sur ma taille. Un frisson m'envahit.

Le « gentil cousin » pose son menton sur mon épaule et son haleine de bière arrive jusqu'à moi.

— Tu danses bien, Pocahontas, me murmure-t-il.

Je me retourne d'un coup et me retrouve dans ses bras.

— Cousin Matthieu ! dis-je en le repoussant un peu. Ça faisait longtemps.

— Elle a complètement disparu, ta plaie, enchaîne-t-il en me caressant le front. Tu as bien mis la vaseline que je t'ai donnée ?

— Oui, docteur ! J'ai été vraiment bien soignée… Rien à redire !

Il arbore un sourire niais asymétrique, ses yeux sont injectés de sang.

Dans quel état s'est-il mis ? Il oscille de droite à gauche. Rester immobile semble mission impossible.

Il appuie son front sur le mien et cela lui permet de tenir debout.

— Tu sens bon, me souffle-t-il.

— Toi et ton chien, vous faites la paire ! dis-je en me détachant de lui. *Il manque de tomber en arrière.* Si tu veux te rouler dans mes draps, ne te gêne pas.

Je lui approche un tabouret pour qu'il s'assoie et lui apporte un verre d'eau.

— Bois ça ! Pour diluer un peu ce que tu as dans l'estomac.

Il grimace comme un enfant.

Derrière lui, j'aperçois Bertrand qui rentre dans l'internat avec son pyjama blanc immaculé. Ce changement d'ambiance va lui faire drôle. Farah saura l'accueillir.

Matthieu a les paupières qui tombent, il les relève par à-coups. On dirait qu'il lutte pour ne pas s'endormir. Je lui tape sur l'épaule.

— Au fait… J'ai oublié de te remercier pour le saucisson. J'ai adoré.

— Du saucisson ? *Ça le réveille d'un coup, apparemment…* Madame la Savoyarde ne connaît pas l'andouille de Guémené-sur-Scorff ?

— Non… De l'andouille, tu dis ? Je n'avais jamais goûté de chose pareille ! *Pourtant ma mère travaille dans une charcuterie.* J'aime son petit goût poivré.

Il me sourit. Toujours de son air niais.

— Tu sais, ma bouche aussi a un goût très… très… très… très… poivré. *Même assis, il titube !*

Je repense aux propos de Barbara et je sais que c'est un jeu pour lui. Je suis sa petite poupée savoyarde en ciré jaune. Juste pour un soir.

Pour la première fois, j'ose soutenir son regard.

— À la prochaine garde… Plutôt que de l'andouille de « Guémené-machin-chose », pense à m'apporter quelques cupcakes au poivre de Barbara !

Malgré la pénombre, je vois son front se rembrunir, et il pâlit.

Je le laisse en plan, avachi sur son tabouret.

Vers trois heures du matin, je m'apprête à partir.

Eduardo m'a proposé de me raccompagner à vélo. Cela m'arrange car je n'étais pas rassurée à l'idée de faire la route toute seule en pleine nuit.

Je n'ai pas revu Farah depuis que Bertrand est arrivé et la suppose bien occupée. Peut-être passera-t-elle la nuit dans la chambre de garde de neurochirurgie…

Je jette un dernier coup d'œil en direction du bar, Matthieu et Anna sont en pleine discussion. Elle a l'air de le sermonner. Il faut dire qu'il n'est pas beau à voir !

Sa chemise en lin blanc vire au jaune et est déboutonnée sur toute sa longueur.

Ses gestes sont saccadés et ralentis. J'ai l'impression d'avoir devant moi M. Lelguen et son syndrome cérébelleux.

Ses yeux n'ont plus la couleur de la pluie, ils ont tourné au rouge.

Sa peau n'est plus dorée par le soleil, elle est luisante et bouffie.

Je le déteste quand il est dans cet état ! Si c'est ça, les tonus, je n'irai plus !

Eduardo a la démarche féline d'un danseur de tango. Il porte une veste cintrée noire et des mocassins en daim.

Il m'avance mon vélo comme s'il m'offrait des fleurs. C'est la classe argentine !

Le contraste est criant.

10

Une traînée de nuages roses

Je vais enfin revoir mes montagnes !

Les premiers flocons sont tombés il y a quinze jours. Je viens de regarder sur la webcam des Carroz : c'est tout blanc. On a même du mal à apercevoir le toit du refuge de la Croix des 7 frères.

Ouf, les pistes seront ouvertes pour les vacances !

Avec Mathilde, on sera sur nos skis dès neuf heures, dimanche matin.

J'ai hâte de descendre jusqu'à Morillon par Marvel, une longue piste verte qui serpente entre les sapins.

On s'arrêtera prendre un vin chaud en bas chez Tony. Je choisirai la table juste à côté de la cheminée et Hercule, son terre-neuve, viendra s'asseoir à côté de nous.

On remontera par le télésiège du Sairon puis par celui du Gron. Le vent glacé de décembre nous brûlera le bout du nez et j'en profiterai pour me tartiner les lèvres de Labello. On redescendra ensuite sur les Carroz par la piste du Plein Soleil en godillant tranquillement sur la droite, le long des sapins.

Ah, Mathilde !

Il faut qu'elle me raconte sa vie à Grenoble, son école de sage-femme, ses amours avec Wilfried. J'espère qu'elle va oser l'inviter au chalet. Une relation sérieuse avant sa grande sœur, on aura tout vu !

Paul m'a tellement manqué aussi. C'est sa première saison en tant que moniteur de ski, il va rouler des mécaniques dans sa tenue rouge et blanc.

J'espère qu'il aura le temps de skier un peu avec nous entre deux cours…

Sacré Paul ! On se connaît depuis toujours, on était chez la même nounou. C'est mon frère de lait en quelque sorte. Il paraît qu'il voulait m'agrafer des étiquettes sur les lobes d'oreilles pour que je ressemble à une vache. Je n'en ai aucun souvenir, mais cela lui ressemble bien.

Je vais en mettre du temps en train pour arriver au pied du mont Blanc !

Je roule péniblement ma grosse valise sur le trottoir de la rue de Lyon et me remémore mon arrivée à Brest deux mois plus tôt.

Cela me semble une éternité. Alors que le cri des mouettes m'avait frappée, leur silence me paraît maintenant presque angoissant.

Mon train devrait arriver dans trente minutes.

Anna m'a donné rendez-vous au café de la gare. Elle prendra le train suivant avec Matthieu pour aller fêter Noël chez une tante à Saint-Malo.

Depuis le tonus, je n'ai pas recroisé Matthieu, le « Docteur belles oreilles ». J'ai l'impression qu'il m'évite et je me demande si je n'ai pas été un peu trop dure avec lui.

Il était vraiment alcoolisé et les cupcakes de Barbara étaient de trop !

À travers la vitre, les deux cousins sont assis face à face et semblent hilares. Je leur fais signe de la main, Matthieu suspend son sourire quand il me voit.

Aïe. Est-ce qu'il m'en veut ?

Je m'arrête et prends le temps de sonder son regard. C'est compliqué, à travers une vitre…

Il se lève aussitôt pour venir m'aider à franchir les trois marches avec ma valise. Me voilà rassurée… Écume le suit de sa démarche pataude et se cogne à toutes les tables en secouant la queue.

— Merci, Matthieu, dis-je d'une petite voix.

— Tu vois, je suis un gentleman. Il grimace en soulevant ma valise. Hou, elle pèse une tonne ! Tu emportes tous tes bouquins pour potasser pendant les vacances ?

— Non… C'est juste que le père Noël s'apprête à être très généreux cette année !

À peine suis-je assise qu'Écume vient poser sa tête sur mes genoux. Il est collant, celui-là.

— Tu pars à quelle heure ? me demande Anna.

— Le départ est prévu à 17 h 15… J'ai tout juste le temps de prendre un chocolat chaud.

Matthieu se lève pour passer commande.

— Et tu arrives ?

— Demain matin… Je prends le TGV Brest-Paris jusqu'à Montparnasse… Puis le bus jusqu'à la gare d'Austerlitz… Le train de nuit part à 23 heures… J'arrive à Cluses à 8 heures demain matin… Un beau lever de soleil au-dessus des montagnes !

Matthieu n'a entendu qu'un bout de la phrase et fronce déjà les sourcils.

— Un train de nuit ? Toute seule ?

— J'ai réservé une cabine « spéciale filles ». Interdite à la gent masculine. Pas d'inquiétude, on ne va pas me sauter dessus en pleine nuit.

— Je ne savais pas que ça existait… Ingénieuse, la SNCF !

Anna nous regarde, amusée. Je coupe court à ses suppositions :

— Et vous, à quelle heure est votre train ?

— Un quart d'heure après le tien. On rejoint mes parents et la mère de Matthieu à Rennes puis on prend la voiture jusqu'à Saint-Malo.

— Je n'y suis jamais allée, il paraît que ça vaut le détour. Il y a une ville fortifiée, n'est-ce pas ?

— Eh ! La Savoyarde…, s'exclame Anna, d'un ton moqueur. Il faut vraiment qu'on t'emmène côte nord faire un pèlerinage : Perros-Guirec, le cap Fréhel, Saint-Malo, le mont Saint-Michel…

— Avec plaisir ! Et pourquoi pas sur le bateau de Matthieu ?

Il acquiesce.

— Il y a pas mal de courants et de rochers par là-bas. Il faudra d'abord que je te donne des cours particuliers pour devenir un vrai p'tit marin… Au fait, où est ton ciré ?

Je rougis en repensant à notre première rencontre. Je suis sûre qu'il l'a fait exprès.

— J'ai remis ma panoplie de ski comme tu peux le voir. Je crève de chaud ! D'ailleurs, à ce propos, j'apporte un ciré à ma sœur, un petit clin d'œil… À

Grenoble, ça risque de faire un peu déguisement mais ce n'est pas ça qui va l'arrêter !

J'avale mon chocolat chaud et me lève déjà pour partir.

— Tu as encore vingt minutes ! s'étonne Anna.

— Je sais, mais j'ai toujours peur de rater mon train… Un rêve récurrent.

Matthieu attrape ma valise et se dirige déjà vers la sortie. Écume a failli renverser ma tasse en se précipitant à sa suite.

Le train est déjà là.

Une traînée de nuages roses dépasse du toit.

J'adore les ciels d'hiver, la lumière est plus douce, comme tamisée. On voit déjà apparaître la lune sur la droite, pâle et majestueuse. C'est à peine si on la distingue.

Je regarde mon billet : voiture 6, place 56.

— C'est là, dis-je tout bas.

Il s'approche et m'enlève mon bonnet.

— Bon voyage, alors ! Amuse-toi bien dans ton wagon « filles »… Tu me raconteras.

Écume court après un goéland sur le quai et slalome maladroitement entre les voyageurs. Il finit par perdre sa proie et se dirige vers nous. L'affectueux toutou vient plaquer ses deux pattes sur mes cuisses. Histoire de colorer mon pantalon tout blanc. Je lui caresse le crâne entre les deux oreilles, il adore ça.

— J'ai hâte de revoir tout mon petit monde ! J'ai l'impression que je suis partie depuis des lustres…

— C'est normal, me glisse Matthieu en me regardant droit dans les yeux. J'ai aussi l'impression de te connaître depuis longtemps.

Sa fossette se creuse de nouveau. C'est troublant.

Écume me pousse avec ses pattes et manque de me faire tomber en arrière encore une fois. Je prends sa tête entre mes mains et lui fais une promesse :

— J'irai grappiller du saucisson et du jambon fumé dans la boucherie de mon oncle et t'en rapporterai…

Ce bon gros toutou fait des bonds sur lui-même en agitant la queue et repart courser un autre goéland. *Infatigable !*

— Tu sais comment lui parler…, sourit Matthieu. On attend ton retour avec impatience.

— J'espère bien ! Passe aussi de bonnes fêtes en famille. Ta mère doit être contente de te voir… Il reste silencieux, l'air embarrassé. Elle habite Rennes ?

Je suis trop curieuse… Une règle d'or avec les Madec : ne jamais poser de questions sur leur vie privée sinon ils se ferment comme des huîtres, Anna est pareille.

Ses yeux s'assombrissent aussitôt et viennent fixer le macadam.

— Non, dit-il dans un murmure. Ce sont les parents d'Anna qui habitent Rennes, ma mère vit à Bénodet…

Je m'avance vers lui et lui relève le menton.

— Excuse-moi d'être indiscrète… J'ai juste envie de te connaître un peu mieux, mystérieux « Docteur belles oreilles ». *Les nuages roses me montent à la tête…* Bon, il faut que je file, je vais vraiment le rater !

On entend le bruit sourd de la machine qui vient de se mettre en marche. Il me tire par le bras et vient se serrer contre moi.

C'est si soudain que cela me déconcerte.

Je reste les bras ballants, mon nez se retrouve au creux de son cou, entre le trapèze et le sterno-cléido-mastoïdien. Sa peau a l'odeur de la mer.

Sans réfléchir, je viens y coller mes lèvres, comme pour le goûter.

Hmm, c'est salé ! Cela ne m'étonnerait pas qu'il se soit baigné… Anna m'a dit qu'il surfait toute l'année.

Je le sens frissonner puis il fait un bond en arrière. Ma langue est-elle électrifiée ?

Je saute dans le train tout en le regardant d'un air perplexe.

La porte se referme quelques secondes après.

Ce beau châtain, habillé comme en été, me bouleverse. Je regarde ses tongs sur le bitume humide du quai et je souris en plaquant mon front à la vitre.

Il reste immobile, comme statufié. Écume s'est assis à ses pieds.

Quand le train démarre, j'aperçois mon bonnet entre ses mains.

En quelques secondes, il devient minuscule. Je n'arrive pas à détacher mes yeux de ce petit point. Au prochain virage, je vais le perdre…

Il s'en est passé des choses en deux mois…

Cette rencontre me désarçonne, je ne sais pas quoi en penser.

Pourquoi fait-il tout ça pour moi ? « Gentil cousin » est si attentionné par moments !

S'il voulait m'avoir dans son lit, il n'aurait qu'à claquer des doigts ! S'il savait. Je ne suis pas si différente des autres filles… Je n'attends que ça, comme Barbara.

Peut-être ne lui plais-je pas physiquement. Pourtant, il s'est serré contre moi…

Je garde cette image en tête jusqu'à Paris, les écouteurs vissés aux oreilles.

Miossec égrène sa mélodie :

« Tonnerre, tonnerre, tonnerre de Brest… Mais nom de Dieu, que la pluie cesse ! »

Je suis debout depuis sept heures.

De toute façon, impossible de dormir. Le train s'arrête toutes les dix minutes dans la vallée et les annonces au haut-parleur se succèdent : « Annemasse, cinq minutes d'arrêt. »

Les montagnes se dressent devant moi, blanches et majestueuses, le soleil va bientôt se lever.

Mon père et Mathilde seront sur le quai, j'en suis sûre. J'imagine déjà leur sourire jusqu'aux oreilles.

Patrick Alessi sera en mode « détente » et aura mis sa casquette du dimanche et son blouson vert du *Vieux Campeur.* Il me serrera fort dans ses bras jusqu'à m'étouffer et embrassera doucement mes cheveux comme si j'étais la huitième merveille du monde.

Mathilde me fera une bise éclair. Une seule suffira. Juste le temps de sentir son parfum fruité. Celui que je lui ai offert à son anniversaire.

J'ai hâte !

Le grand taxi m'attendra sur le parking. Pas n'importe lequel, celui des VIP avec téléviseur derrière le siège et accoudoirs en acajou.

J'aurai le droit de m'asseoir à côté de mon père, comme ses clients privilégiés.

Ils m'inonderont de questions jusqu'à la place de l'église d'Arâches. Je m'y prépare déjà.

« Raconte-nous… Elle est gentille, ta colocataire ? Tu es bien installée ? Tu as des photos ? Tu manges bien au moins ? »

Je ne pense pas qu'on ira directement au chalet, on poursuivra la route jusqu'aux Carroz un peu plus haut pour dire bonjour à ma mère.

La boucherie de mon oncle ouvre toujours à neuf heures. Elle sera sûrement en train de préparer la vitrine avant l'ouverture.

Je prendrai mon petit déjeuner là-bas. Hmm… Rien de tel qu'un saucisson brioché et une tranche de fougasse au beaufort !

Helena Alessi me regardera d'abord d'un air inquiet, les mains posées sur mes épaules. L'inspection habituelle.

« C'est moi ou tu as maigri, ma fille ? Viens là que je t'embrasse ! »

Elle rajoutera, après une étreinte aussi étouffante que celle de mon père : « L'air des montagnes va te faire du bien, tu vas voir. » Comme si je manquais d'air en Bretagne !

La boucherie d'oncle Jean est un peu comme la caverne d'Ali Baba. L'or s'est juste transformé en cochonnaille ! Il y en a partout.

Les murs surchargés de trophées de chasse, les allées et venues incessantes des clients, le rire aigu d'Helena… Le voilà, mon havre de paix !

Et dire que certains font des cures de silence… Cela me tuerait !

Je compte bien passer une bonne partie de la semaine à servir les clients derrière la vitrine réfrigérée.

Ce sera d'ailleurs l'unique manière de passer du temps avec ma mère.

Elle se pavanera devant les habitués : « C'est ma fille, vous savez, la p'tite Marie-Lou. Celle qui est partie faire médecine en Bretagne. »

Ce sera aussi l'occasion d'écouter les problèmes de santé de toute la station et d'acquiescer en ouvrant des yeux ronds : « Ah bon, c'est vrai ? Vous n'avez pas de chance. »

Tout un programme en perspective.

Le paysage devient de plus en plus familier. Je reconnais les hangars de la zone industrielle de Cluses. Le Môle, avec sa calotte de neige sur le dessus, se dresse devant moi. Majestueux.

En roulant ma valise dans l'étroit couloir du train, je pense à la distribution ce soir des caramels au beurre salé, des galettes bretonnes, et bien sûr, de l'andouille de Guémené !

On la prendra à l'apéro. Ils vont adorer.

11

La Croix des 7 frères

On grimpe depuis seulement trente minutes et j'ai déjà le souffle coupé et les quadriceps en feu. Bonjour la condition !

Pourtant je fais de la zumba une fois par semaine et je ne me déplace qu'à vélo.

Je suis à deux doigts d'accuser l'andouille et la cochonnaille de Francis, sans oublier le kouign-amann d'Anna le dimanche à l'heure du thé et les pâtisseries syriennes de Farah qu'elle apporte régulièrement pour le goûter.

Je n'ai pourtant pas pris un seul kilo mais je n'ai plus de masse maigre. Uniquement de la grasse, j'en suis sûre !

Encore vingt minutes de montée.

La lune éclaire la cime des sapins, le ciel est sans nuages. C'est rare de voir autant d'étoiles en plein hiver. Il n'y a qu'ici qu'on peut observer ça…

On n'a pas besoin de lampe, la lune se réverbère dans la neige et trace le chemin.

De toute façon, je trouverais le refuge de la Croix des 7 frères les yeux bandés. J'ai dû faire cette randonnée pour la première fois dans un porte-bébé, pelotonnée sur le ventre de ma mère.

La montagne est silencieuse, j'entends le crissement des bottes de Mathilde et Paul dans la neige. Ils grimpent comme des cabris, j'ai du mal à les suivre.

On perçoit au loin le bruit des dameuses qui préparent les pistes pour le lendemain.

J'accélère le pas en pensant aux beignets de pomme de terre, à la fondue aux cèpes et à la fameuse tarte aux myrtilles de Madeleine.

On est coupés du monde là-bas.

Quand on arrive dans la nuit, que le feu crépite dans la cheminée, la chaleur nous semble étouffante les premières minutes.

On enlève une par une les épaisseurs que l'on dépose sur la grande patère de l'entrée. On se retrouve alors en collants et Madeleine nous prête de vieux sabots en bois. C'est tout un rituel.

À peine ai-je passé le seuil de la porte que la vieille femme me serre dans ses bras.

— Oh, Marie-Lou ! Comme c'est gentil de nous rendre visite ! Elle me prend le visage entre ses mains. Tu es une vraie femme, maintenant. Regarde-moi ça.

— Bonjour, Madeleine. Je suis contente de te voir… Ça sent toujours aussi bon ici !

Une odeur de fromage et de vin blanc s'échappe de sa cuisine. Hmm, la fondue se prépare.

Son mari nous accueille une bouteille à la main. Je reconnais le bouchon orange en plastique et l'étiquette scotchée au milieu.

— Je vous sers un communard mais je ne suis pas communiste ! clame-t-il avec son bon accent du cru.

Comment ai-je pu oublier sa tirade habituelle ? Son vin rouge mélangé à de la liqueur de cassis a l'art de me donner des crampes après l'effort.

Le communard de la Croix des 7 frères est l'équivalent du « Gobe-mouches » de la rue du Bois-d'Amour. C'est si gentiment proposé, je peux difficilement refuser…

Au moment d'attaquer ma tarte aux myrtilles, un petit bruit retentit dans ma poche : « Chting ».

C'est Anna, elle m'envoie un message.

Une photo d'une plage déserte apparaît sur mon écran. Seule une silhouette masculine marche de dos avec son chien. La mer est basse, la plage semble immense.

J'aperçois, sur le côté gauche, une partie des remparts. Ça doit être la ville close de Saint-Malo.

La lumière d'hiver est belle, le sable paraît nacré. Je reconnais le labrador blanc.

Tiens, le loup solitaire a daigné mettre un pantalon… J'ai même l'impression qu'il porte quelque chose sur la tête.

Une phrase sert de légende un peu plus bas : « J'y crois pas, il t'a volé ton bonnet ! »

Mon sourire éveille la curiosité de mes voisins de table :

— Montre !

— C'est Matthieu, balbutié-je en rougissant.

— Whouaaah ! s'exclament les deux gosses en cœur.

Paul enchérit.

— Un beau ténébreux, esseulé, rêve de sa belle… « Un seul être vous manque et tout est dépeuplé. » *Monsieur cite Lamartine…*

— C'est vrai qu'il t'a volé ton bonnet ? s'enquiert Mathilde. Je comprends maintenant pourquoi tu me piques le mien depuis une semaine ! *Toujours très pragmatique, ma sœur.*

— Arrêtez, les mômes ! Il n'y a rien, assuré-je en regardant la photo. *C'est d'ailleurs bien ce qui me chagrine…*

Ces vacances se finissent comme elles ont commencé : des heures de train, les écouteurs vissés aux oreilles.

Les voyages ont cette magie, ils imposent la coupure, l'arrêt sur images.

Des évidences m'apparaissent. Ce retour aux sources m'a fait beaucoup de bien, mais j'ai le sentiment étrange d'avoir été dépaysée en rentrant chez moi.

Est-ce vraiment mon chez-moi désormais ? J'ai eu l'impression d'être une touriste.

Le petit village paisible d'Arâches et la station des Carroz un peu plus haut deviennent définitivement le décor de mes vacances. Mon train-train quotidien n'est plus ici.

Je souris en voyant le petit sapin qui clignote dans un coin du salon.

Il est surchargé de guirlandes de toutes les couleurs, de figurines, de boules dorées…

On ne voit presque plus ses épines. C'est kitch ! Anna s'est fait plaisir.

Je m'empresse de déposer mes cadeaux à son pied.

Le jambon à l'os que j'ai apporté pour Matthieu pèse au moins trois kilos. Il en a pour des semaines ! Écume se fera une joie de ronger ce qui reste.

Anna a un plus petit paquet. Je lui ai dégoté une paire de gants en laine assortis à son béret rouge. Bon, ce ne sont pas des Vuitton, mais ils ont le mérite d'être bien chauds.

L'appartement est désert. Où est ma tornade de colocataire ? Elle doit pourtant reprendre le travail demain.

Le silence est oppressant.

J'ai le spleen du dimanche soir. Même la pluie s'en mêle et vient fouetter la fenêtre de ma chambre. L'orchidée blanche est toute fanée.

Je sors de ma valise la photographie de Matthieu sur la plage de Saint-Malo. Mathilde a subtilisé mon portable et l'a fait agrandir sur PVC.

Elle trouve sa place sur mon appui de fenêtre à côté de l'orchidée.

Je vais m'enrouler dans ma couette et regarder *Coup de foudre à Notting Hill* pour la vingtième fois.

Je l'accompagnerai de quelques gorgées de rooibos à la cannelle et aux zestes d'orange. Demain, je serai guérie.

12

Libre et confiante !

La première semaine de l'année est passée à toute vitesse.

J'étais de garde aux urgences le soir du réveillon. Une expérience inédite réservée aux internes de première année. L'ambiance a été très spéciale, une sorte de soirée à thème.

Il y a eu la catégorie « vraies urgences », ceux qui ne voulaient pas venir mais qui y ont été obligés : les crises d'asthme, les infections pulmonaires, les infarctus, les embolies pulmonaires…

Heureusement, mon chef était urgentiste cette fois-ci. Il a travaillé toute la nuit à nos côtés et je n'ai pratiquement pas mis les pieds en salle de déchocage.

J'ai même pris le temps de manger avec l'équipe et n'ai donc pas fait de malaise comme l'autre fois. Le « grand chef » avait apporté deux sacs entiers de langoustines et une bourriche d'huîtres. On s'est régalés.

Après minuit, on a eu le droit à la série « psychiatrique », ceux qui n'ont pas supporté de rester seuls pour commencer cette nouvelle année. Heureusement, il s'agissait plus souvent d'appels à l'aide que de réelles tentatives de suicide.

Mme R. avait pris trois cachets de Lexomil et avait appelé les pompiers…

M. L. avait sonné chez ses voisins après avoir allumé sa gazinière…

Mme D. s'était présentée elle-même aux urgences car elle avait peur de faire une bêtise…

Je commence à bien connaître également la catégorie des « habitués », ceux qui ont leur carte d'abonnement : les Dédé, les Momo…

Ils sont arrivés un peu avant vingt heures, bien alcoolisés comme il faut. Histoire d'avoir une bonne raison d'être gardés en surveillance sur un brancard…

Momo avait une belle plaie de l'arcade à suturer. Pas besoin d'anesthésie locale, il n'a rien senti dans son état.

Vers onze heures, ils ont commencé à réclamer à cor et à cri leur plateau-repas. Bah oui, c'était le réveillon quand même ! Puis, aux douze coups de minuit, ils voulaient tous nous faire la bise. Des sacrés numéros !

Je commence à prendre le rythme des gardes : une nuit blanche suivie d'une journée « sieste », la tête dans le gaz jusqu'au surlendemain.

Le jeudi soir, quand je suis revenue de l'hôpital, le jambon sous le sapin avait disparu. Matthieu était revenu. *Enfin.*

J'avais trouvé un petit paquet doré sur mon oreiller : un bonnet tout neuf ! Un blanc en laine épaisse avec un gros pompon sur le dessus. Il a dû trouver que l'ancien lui allait bien…

C'était une belle attention en tout cas. Il avait pensé à moi.

J'avais remarqué bien plus tard un petit mot sur mon appui de fenêtre :

« Alors comme ça, tu m'exposes dans ta chambre ? Tu m'as suivi avec un téléobjectif, c'est ça ? Flatté. »

J'avais rougi toute seule devant ma fenêtre. S'il ne comprenait pas, après ça…

Mme Kerlau revient dans le service cet après-midi pour le bilan pré-chirurgical. Je suis contente de la revoir.

L'indication de stimulation cérébrale dans le cadre de sa maladie de Parkinson a été retenue. *Comme quoi, les tests éprouvants du mois de décembre ont servi à quelque chose…*

J'avais reçu une belle carte pour Noël, c'était la première fois qu'un patient m'écrivait :

« Encore merci pour votre écoute et vos bons soins. Passez de bonnes fêtes de fin d'année. Cordialement. Brigitte Kerlau. »

Cette carte m'avait fait vraiment plaisir.

Lucas avait pensé que j'avais perdu du temps en lui faisant passer tous ces questionnaires.

En fin de compte, j'avais pu prendre le temps de l'écouter et d'essayer de comprendre ce qu'elle ressentait. C'est toujours intéressant d'avoir le point de vue du malade et de ne pas toujours se contenter de celui du professeur.

C'est complémentaire en quelque sorte. Les signes cliniques décrits dans les livres ne suffisent pas…

En regardant son planning, je vois que l'IRM cérébrale est prévue demain après-midi. Le repérage de la cible est capital : les électrodes de stimulation doivent atteindre un tout petit noyau – appelé noyau sous-thalamique – situé au plus profond du cerveau.

Il ne faut pas le rater, d'où la complexité de cette intervention.

Grâce aux différentes coupes IRM, le neurochirurgien établit des calculs dans les trois dimensions de l'espace pour bien cerner ce noyau. Un peu comme les coordonnées GPS sur une carte.

Sa localisation diffère d'un individu à l'autre en fonction de la taille et de la forme de son cerveau. Cela serait trop facile sinon.

Je demanderai à Bertrand si je peux assister aux savants calculs, je suis curieuse de voir comment cela se passe.

Mme Bénard pose un deuxième dossier sur mon bureau avec la délicatesse d'une lutteuse bretonne.

Elle nous a révélé son passe-temps la semaine dernière et on s'est empressées avec Farah de regarder sur Internet en quoi cela consistait. Un long fou rire a suivi, difficile à réfréner.

Rien que de l'imaginer projetant son adversaire par terre à l'aide d'un croc-en-jambe nous a suffi. Vu sa corpulence, aucune autre lutteuse ne doit lui résister. Je vais éviter de la contrarier…

— Tiens, mignonne… C'est le dossier de l'autre patiente que tu dois voir cet après-midi. Son médecin généraliste nous a contactés ce matin car il pense qu'elle est en poussée. Le diagnostic de sclérose en plaques a été posé il y a un an apparemment… Elle ne doit pas être beaucoup plus vieille que toi.

— Merci. Eva Daniel née le 18 janvier, lis-je tout haut. On a juste six mois d'écart… Cela me fait tout drôle, j'ai pris l'habitude de m'occuper de patients beaucoup plus âgés.

— Oui, je comprends. Mais tu sais, la maladie n'est jamais la bienvenue, à tout âge de la vie…

— C'est sûr, c'est juste que cela me semble plus dans l'ordre des choses. Je continue à lire tout haut son dernier courrier. Elle a présenté un épisode de névrite optique il y a dix-huit mois… Puis un épisode d'engourdissement du bras droit quelques mois après… À priori, c'est Lucas qui la suit. La pauvre, c'est un peu une double peine.

— Dis donc…

Mme Bénard me tape sur l'épaule en feignant de me gronder. *Aïe, je le pense vraiment, c'est une double peine.*

— Il va falloir que je vouvoie cette patiente, cela va me faire bizarre. Je ne vais quand même pas l'appeler Mme Daniel…

— Veux-tu que je te donne une astuce ? me propose-t-elle en sortant du tiroir une vieille paire de lunettes « écaille ». J'avais acheté cette paire quand j'étais à l'école des cadres, j'avais vingt ans et voulais paraître plus vieille et plus sérieuse. Elles sont indémodables, n'est-ce pas ?

— Hum… Vous pensez que je serai plus crédible ?

En les positionnant sur le bout de mon nez, la voilà qui éclate d'un rire tonitruant puis s'éloigne la main sur la poitrine.

Eva Daniel est si jeune. C'est terrible !

À cet âge, comment accepter l'idée d'être malade ? Comment se projeter ?

Je ne peux m'empêcher de me comparer à elle. À vingt-cinq ans, l'avenir s'ouvre à nous. Comment aller de l'avant avec une épée de Damoclès au-dessus de la tête ?

C'est l'âge des choix, des rencontres décisives…

Comment être curieuse et positive ?

J'ai en ce moment l'impression de me laisser guider par la vie… Libre et confiante !

Jamais je n'aurais imaginé atterrir à Brest il y a quelques mois.

Aurais-je d'ailleurs tenté le coup si j'avais été malade ? Rien n'est moins sûr.

Par moments, j'ai l'impression étrange et un peu magique que tout a été tracé dans un seul but : rencontrer Matthieu.

Mon résultat médiocre au concours de l'internat… Brest… La rue du Bois-d'Amour… Anna…

Comme s'il existait une force centripète qui me ramène inexorablement vers lui.

Je suis vraiment en train de tomber raide dingue amoureuse !

Je mordille mon stylo, pensive.

Quand je me retrouve avec lui, j'ai la sensation de marcher sur un fil au-dessus d'un précipice, il me donne le vertige. Je ne me suis jamais sentie aussi vulnérable ! Même sur la crête en haut de l'Aiguille du Midi !

J'ai tout le temps peur de le brusquer et de tout gâcher. Va-t-il un jour me prendre la main ?

Le bouchon en plastique part en lambeaux, je viens littéralement de le déchiqueter.

J'ai été trop bête au dernier tonus, il était complètement désinhibé !

Ç'aurait été trop facile ! Je serais sans doute devenue à ses yeux une Barbara !

Pas très envie d'être un coup d'un soir…

Ma joue repose dans le creux de ma main et mon coude creuse la pochette cartonnée du dossier d'Eva Daniel.

Si Lucas passait sa tête par la porte, il penserait que je lis attentivement l'observation de sa jeune patiente. Une interne si modèle ! S'il savait !

J'ai vraiment la tête en vrac, impossible de me concentrer !

Lucas est-il déjà tombé amoureux ? Pouah… Je ne veux même pas le savoir !

Mes yeux fixent l'encre noire devant moi, pourtant je ne vois rien. Mon cortex visuel semble entièrement déconnecté ! Les informations ne passent plus.

Je suis loin. Il va falloir que j'atterrisse.

Deux heures plus tard, je me retrouve à la même place.

Farah me fait face et murmure dans sa sténorette, tête baissée : « Malgré les nombreuses incitations à rester hospitalisé, le patient a signé sa décharge et est sorti contre avis médical. Nous lui rappelons la nécessité de réaliser une écho-doppler des vaisseaux du cou et de voir un cardiologue dans les plus brefs délais. Cordialement. Farah Youssef. Point final. »

Je souris en la revoyant tout à l'heure.

Elle avait couru derrière son patient jusqu'au bout du couloir. Il partait, la valise à la main.

« Un accident vasculaire ce n'est pas une angine, monsieur ! » lui avait-elle crié, déconfite.

C'est marrant, quand elle élève la voix, son accent disparaît totalement.

Qui devinerait que cette fille châtaine à la peau claire et aux yeux verts est d'origine syrienne ?

Son accent est léger, très sensuel. Les patients hésitent souvent avant de poser la question : « Vous êtes de quelle origine ? Roumaine ? »

Une main vient claquer sur mon épaule et me fait sursauter.

— Eh, les filles ! Dix-huit heures trente, c'est l'heure de l'apéro, non ?

Hugo s'assoit déjà sur mon bureau, ses fesses imposantes sur mon dossier. Pas gêné, celui-là.

— Dis donc, le surdoué, tu n'as pas cours avec le patron, ce soir ?

— Bah, non… Pas tous les soirs.

Je me tourne vers Bertrand et Eduardo, restés sur le pas de la porte.

— C'est gentil de nous rendre visite, alors… Votre temps libre est précieux.

Farah pose sa sténorette avec soulagement.

— OK pour moi, je vous suis. Je viens de finir mon compte rendu… Trois lignes, la secrétaire va être contente.

De mon côté, je dois en être à la troisième page du compte rendu interminable de Mme Parazzi.

La secrétaire va me haïr ! Cette octogénaire nous a fait toutes les complications possibles : chutes, fausses-routes, malaises hypotensifs…

Elle vient de rentrer chez elle. J'ai bien peur qu'elle ne soit rapidement réhospitalisée, l'équilibre est précaire.

Je m'affaisse sur ma chaise.

— Farah, vas-y… Je vous rejoins.

Alors que tout le monde s'apprête à sortir, Eduardo s'assoit à côté de moi et commence à feuilleter le livre de neuroanatomie du professeur Daguain.

— Je t'attends… Ça ne me dérange pas. Le Moulin-Blanc, ça fait loin à vélo, je vais te conduire en voiture.

C'est vrai que ce n'est pas la porte à côté. Il est si prévenant, lui aussi.

Ai-je vraiment l'air si fragile qu'on veuille me materner ? Ils se sont tous donné le mot ou quoi ?

Je ne vais pas m'en plaindre.

— Allez-y, leur dit-il en se retournant. On vous rattrapera.

Son ton est affirmatif et ne laisse aucune alternative.

Hugo sort sur la pointe des pieds avec un petit sourire en coin, sans oublier une petite tape amicale sur l'épaule de son co-interne.

13

Hmm… J’adore le cochon !

On se retrouve au *Cargo* face au port du Moulin-Blanc. J’y suis déjà allée plusieurs fois avec Anna.

Ce n’est pas très original, tout l’internat s’y retrouve. Surtout ne pas se mélanger !

Je trouve cet endroit plutôt triste, sans aucun charme. En tout cas, pas celui du *Gobe-mouches.*

Dans cette grande salle aux néons bleus, des banquettes en skaï sont disposées n’importe comment, des écrans géants fixés au mur diffusent les matchs de foot ou de rugby.

C’est un peu l’ambiance d’un pub irlandais sans le charme qui va avec…

Pour les fins de soirée, il y a une piste de danse au fond avec une boule à facettes.

Eduardo me tient la porte, je remarque ses longs doigts fins sur la poignée. Ils sont si gracieux, on pourrait presque penser qu’ils appartiennent à une femme.

Cela ressemble à ça, des mains de chirurgien ?

Il y a foule ce soir, on a du mal à repérer Farah et ses deux comparses.

Eduardo me guide entre les tables, la main posée sur mon épaule.

C'est à ce moment que je croise le regard de Matthieu. Il est accoudé au comptoir. Un vrai pilier de bar.

Il porte toujours ce même short improbable en grosse toile rouge corail et ses tongs noires.

Ses cheveux châtains ondulent dans tous les sens. Vient-il encore d'affronter la tempête ?

Je passe la soirée à le chercher des yeux, mal à l'aise. Il a disparu.

Où est-il, mon loup de mer ? Je ne l'avais pas revu depuis ce jour de décembre sur le quai de la gare.

Hugo mène la conversation comme d'habitude. L'imitation de son chef est à mourir de rire.

« Interro-surprise ! Oui, au bloc opératoire ! Ta formation ne s'arrête jamais, figure-toi. Dessine-moi les différents noyaux gris situés sur le plancher du quatrième ventricule ! Oui, tu poses tes gants et tu prends tes feutres. T'inquiète pas, je n'ai pas besoin de toi pour opérer… Allez, épate-moi ! »

C'est vrai, pas besoin de caricature. Il est vraiment comme cela !

Tout le monde raconte ses petites histoires sur les manies et les caprices des chefs.

Lequel sera en tête du palmarès ? Ça rigole bien.

Farah a tout un lot d'anecdotes croustillantes sur ses années d'internat à Paris.

Le professeur Mercier peut aller se rhabiller, impossible de rivaliser avec les pontes de la capitale.

Il faudra qu'elle me raconte tout ça de nouveau, je n'arrive pas à suivre la conversation.

Je suis ailleurs.

J'évite le regard trop insistant d'Eduardo. Pas la peine d'aggraver le malaise.

Cet homme est trop parfait, trop lisse pour moi.

Je plaque ma nuque contre la banquette en skaï. C'est froid, je ferme doucement les yeux.

J'ai soudain l'impression que je suis en train de tomber d'une falaise, cela me donne des haut-le-cœur. Ah, ce rhum ! Je savais pourtant qu'il me ferait cet effet-là...

J'entends sa voix douce qui me murmure à l'oreille. Elle vient de loin, du fond du précipice.

— Je rentre, je te ramène ?

Je rouvre les yeux d'un seul coup. Enfin, il est venu me voir ! Il me sourit. Elle m'avait manqué, cette fossette !

Je l'embrasse tendrement sur la joue.

Pas la bise « Bonjour, ça va ? » mais celle « Hmm... J'ai envie de te manger, Docteur belles oreilles ». *Encore un effet du rhum, j'en suis sûre.*

— Oui, s'il te plaît, dis-je en me mordant les lèvres. Je suis rincée.

Il me prend la main et m'entraîne vers la sortie.

Je pars un peu comme une voleuse et lève la main en direction de la table pour les saluer.

On se retrouve sur le quai, face au port de plaisance.

Le vent nous glace tout à coup. Je sors mon bonnet, le fameux. Celui avec la boule de neige sur la tête. Il me semble percevoir un petit sourire moqueur.

— Il te va bien, remarque-t-il en pinçant le pompon.

— Merci, je l'adore. Le père Noël a vu juste.

On longe le quai jusqu'au parking un peu plus loin, les bourrasques me poussent sur le côté, j'ai du mal à marcher droit.

— Tu es sûr de vouloir me ramener dans le centre-ville ? Tu habites ici… Sur un bateau… Juste en face donc…

— Bien renseignée à ce que je vois… J'avais justement prévu de dormir à l'appartement. Écume m'attend, il n'a pas mangé.

J'acquiesce en silence. *C'est plutôt une bonne nouvelle.*

— Par contre, j'ai laissé ma voiture à l'hôpital, je suis à vélo. Tu n'as rien contre le porte-bagages ?

Je secoue la tête. Un peu trop rapidement sans doute, cela me donne le tournis.

Je tiens Matthieu par la taille, il roule en sifflotant.

Est-ce le porte-bagages qui est mal fixé ou moi qui me balance toute seule ?

À chaque virage, je manque de tomber à la renverse.

— Attention ! Serre-moi plus fort, tu vas tomber.

Je me colle à lui et pose ma tête sur son dos.

Sa veste de bateau sent bon le sel marin. J'entends les mouettes un peu plus loin.

Et si on partait loin tous les deux, de l'autre côté de l'océan ?

S'il arrive à monter la côte du château sans me demander de descendre, il sera mon héros.

Arrivés devant *le Gobe-mouches,* je n'ai pas envie de desserrer ma prise. Heureusement qu'il a réussi à monter la côte tout à l'heure, je n'aurais pas pu la grimper à pied.

J'ai l'impression que mes jambes ne me soutiennent plus, et pour couronner le tout, me voilà prise d'un hoquet.

— Attention, Matthieu… Hic, tiens-moi.

— T'es toute pâlotte d'un coup. Tu as mangé au moins, ce soir ?

— Oups, je ne suis pas sûre. Hic… Attends… Hic… Ah non… Hic !

Ce hoquet me fait mal au diaphragme.

— Je ne serais pas contre… Hic… Quelques tranches d'andouille… Hic…

Il sourit.

— À onze heures du soir, ça va être compliqué ! Attends, on va voir ce qu'on peut faire. Tes désirs sont des ordres.

C'est vrai ? Est-il vraiment disposé à répondre à tous mes désirs ?

Je me retrouve assise au comptoir du *Gobe-mouches*. À cette heure, il n'y a plus grand monde.

Jo, toujours fidèle au poste, vient me tenir compagnie.

— Eh ! Marie-Lou, i' paraît que t'as rien mangé. T'es pas bien grosse, faut faire attention… Faut de la couenne pour réussir. Tu sais, faut pas te laisser faire à la cantine, il y en a qui piquent les assiettes des autres…

— Ne t'inquiète pas pour moi, Jo… Hic… J'en ai, de la couenne.

Son haleine est particulièrement chargée ce soir, je sens d'ici l'odeur d'orange amère du Picon bière. Il doit bien avoir deux grammes d'alcool dans le sang.

Comment lui dire que moi, avec un mojito à jeun, je suis dans le même état ? Il ne comprendrait pas. « Si, Jo, c'est une histoire d'enzyme… »

Yvonne va encore devoir le ramener chez lui.

Ce n'est pas bien loin, il n'y a qu'à traverser la rue.

Où est Matthieu ?

Je le vois passer entre les fils métalliques qui séparent le bar de la boucherie.

C'est vrai qu'il est ici chez lui. Un vrai VIP.

Il revient avec un gros paquet sous le bras.

— Merci, Yvonne. Je me suis servi comme tu m'as dit. J'ai laissé un billet sur le comptoir. Tu remercieras Francis.

— Tu rigoles, dit-elle en gloussant. On ne va rien lui dire ! Il ne laisse personne regarder dans ses frigos.

— Je ne vais pas te contredire, tu le connais mieux que moi. Merci pour tout… On ne reste pas, un autre verre finirait d'achever totalement Marie-Lou.

Les secousses rythmiques qui m'animent font sourire la tenancière.

— Allez, bon appétit, les amoureux.

— Hic… Merci, à bientôt.

En passant dans le couloir, une masse informe attire mon attention dans la pénombre du salon. J'allume la lumière, Écume dort paisiblement sur le canapé.

Quand je m'avachis à côté de lui, il vient tout de suite placer son museau sur mes genoux.

On a nos petites habitudes tous les deux.

Je commence à gratouiller le haut de son crâne. Il est doux comme une peluche.

Matthieu l'écarte doucement avec sa main.

— Pousse-toi, mon chien, laisse Marie-Lou manger.

— Hmm… Tu as dévalisé les frigos ?

Mon hoquet vient de disparaître, je suis soulagée.

Une andouille de Guémené, des rillettes, du jambon blanc, du pâté de campagne, du filet mignon séché…

On dévore ce festin côte à côte, assis sur le canapé.

Écume a été relégué sur le fauteuil d'en face.

Une fois rassasiée, je m'allonge et pose ma tête sur les genoux de Matthieu.

— Hmm… J'adore le cochon ! Ça vaut bien le jambon fumé d'oncle Jean…

Il me caresse les cheveux puis laisse courir son index sur ma tempe en faisant de petits cercles. Je ferme les yeux, c'est délicieux.

Où a-t-il appris cela ?

Après un long moment, je ne saurais dire combien de temps, une secousse me fait rouvrir les yeux.

— Allez, mam'zelle, il faut aller te coucher. Anna m'a dit que tu étais encore de garde aux urgences demain soir. Tu vas être fatiguée.

Pourquoi m'a-t-il réveillée ?

Je fronce les sourcils, vexée comme un pou.

Il ne veut pas de moi dans son lit… Il fait ça avec toutes les filles, sauf moi !

Je me relève en quatrième vitesse. *Hou, ça tangue !*

— OK, Papa… Bonne nuit, alors.

Je fais exprès de laisser la porte de la salle de bains ouverte quand je me déshabille.

Il ne peut me voir mais j'espère que cela le met mal à l'aise.

Une nuisette rouge d'Anna pend au crochet de la porte.

Pas possible qu'elle dorme seule avec un truc pareil ! Elle est horriblement sexy.

Je l'enfile sans réfléchir, en ajustant les bretelles aux épaules.

C'est à peine si je reconnais mon reflet dans la glace. J'ai plus de dentelle sur le corps que de tissu. Ma peau fait si blanc…

Il me faut du rouge à lèvres si je veux paraître moins maladive. Il y a justement un tube qui traîne près du lavabo.

Un peu de poudre dorée sur les pommettes et le tour est joué !

On va voir si mes désirs sont des ordres…

Quand je passe dans le couloir, Matthieu et Écume me dévisagent.

Je m'arrête sur le pas de la porte, mes lèvres « rouge passion » esquissent le plus beau des sourires.

Alors que le premier baisse la tête, gêné, l'autre se lève en battant de la queue.

Il y en a un qui va encore trouver sa place cette nuit sur ma couette !

Mauvaise pioche.

14

L'or en barre

Cela fait maintenant deux mois que le professeur Daguain m'a gentiment offert son or en barre.

J'ai collecté toutes les données dans un beau tableau Excel. Tout ce travail pour remplir cinquante lignes et dix colonnes !

J'ai également lu une trentaine d'articles sur le sujet avec autant d'allers-retours à la bibliothèque.

Par contre, je n'ai pas écrit une seule ligne de l'article. Ni l'ombre d'un poster !

Et comme pour me rassurer, M. Daguain m'a dit entre deux portes avoir déjà inscrit le poster au programme du congrès.

« On aura peut-être un prix », m'a-t-il soufflé, plein d'espoir.

Bien sûr, au minimum !

Je m'apprête à passer mon samedi matin à la bibliothèque. Elle est située à l'hôpital Morvan et non à la Cavale Blanche. Ce n'est pas très loin de l'appartement.

J'ai laissé un mot à Anna sur la table du petit déjeuner :

« Programme studieux pour moi aujourd'hui. Suis à la BU ce matin. Garde aux urgences ce soir. Profite de ton samedi, ma belle, pas de folies ! On déjeune demain chez Yvonne ? »

Je me rends à l'étage, le rez-de-chaussée est réservé aux étudiants de première année.

En haut, il y a une salle dédiée à la recherche avec de longues tables équipées d'ordinateurs. Il y règne souvent un silence monacal.

Arrivée à neuf heures, je suis la première à prendre place. Je m'installe au milieu de la salle, face à la porte.

Une fois ma clé USB insérée, j'ouvre mon précieux tableau.

Bon, maintenant, il va bien falloir que j'analyse mes données.

S'il y a bien un domaine dans lequel je ne suis pas très douée, c'est l'informatique. On n'a jamais eu vraiment de cours.

Cela doit être intuitif comme logiciel. Si je clique sur cette icône, cela doit être la somme de la colonne… Si je clique sur celle-là, cela doit être la moyenne.

Au bout d'une heure, je n'ai obtenu que des données démographiques : âge moyen, dose du traitement… Rien de plus. Je ne vais pas aller bien loin avec ça.

Comment vais-je faire pour établir des corrélations ?

Je m'affaisse la tête entre les mains.

La porte qui claque me fait sursauter. Par-dessus l'écran de l'ordinateur, je vois Matthieu entrer en trombe.

— Excuse-moi, je t'ai fait peur ? Je n'ai jamais su être discret dans une bibliothèque.

— Un éléphant dans un magasin de porcelaine !

Il me sourit et se penche sur l'écran d'ordinateur.

— Tu fais quoi avec ton beau tableau ? Tu n'as pas l'air très efficace.

Je soupire.

— Je ne t'ai jamais parlé du cadeau de bienvenue du professeur Daguain ?

Je lui raconte toute l'histoire sans omettre le moindre détail. Il n'en revient pas.

— Tu es vraiment gâtée ! De l'or en barre… Ha ha ha ! Cela pourrait être un sujet de thèse. Ils n'ont pas d'internes plus expérimentés en neurologie pour faire le boulot ?

— Je te remercie d'avoir confiance en moi ! Cela fait plaisir ! Dis-moi, que fais-tu à la BU un samedi matin ?

— Je sors de garde… En passant à l'appartement chercher Écume, j'ai vu ton mot. Ça m'a fait penser que j'avais commandé trois articles pour ma thèse et que je devais les récupérer.

Ah oui ? C'est sûrement pour ces articles qu'il est là devant moi…

— Tu aurais pu m'appeler, je les aurais pris. Enfin, non… Tu n'as pas mon numéro…

Je rougis de ma ruse. Il me dévisage. Cela doit être une habitude qu'on rougisse devant lui.

Après une nuit blanche, il est encore plus beau avec ses cheveux tout emmêlés et ses yeux sombres « orageux ».

— Donne-moi ton portable que j'enregistre mon numéro.

Je l'attrape au fond de mon sac et le lui tends.

Enfin, son 06 !

Il entre son contact dans mes favoris.

— Es-tu certain de faire partie de mes favoris ? Je te trouve bien sûr de toi !

Il plisse les yeux d'un air taquin.

— Quand même, le cousin de ta colocataire !

Il s'appelle avec mon téléphone. C'est une manière comme une autre d'obtenir mon numéro.

Il s'assoit à côté de moi et commence à regarder mes données.

— Tu as une colonne intitulée « libido » ? C'est normal ?

— Oui, monsieur…, dis-je en souriant. Si tu veux tout savoir, certains patients parkinsoniens se retrouvent dépassés par leur désir sexuel sous traitement. Bien sûr, cela ne touche qu'une minorité d'entre eux… Surtout des hommes.

Il hausse les sourcils.

— C'est considéré comme un effet secondaire, ça ? Comment faire la différence entre le normal et le pathologique ?

Un peu gênée, je poursuis :

— Oui, c'est complètement disproportionné et compulsif. Par exemple, prends le patient ligne cinq… Il voyait des prostituées du matin au soir, et même pendant ses heures de travail. Il a failli être licencié pour ça.

— Intéressant, ton sujet ! Ça change des effets secondaires digestifs et des maux de tête…

Je me retourne vers lui et acquiesce en silence.

— Au fait… J'imagine que tu dois avoir quelques analyses statistiques à faire pour ta thèse ?

— Oui… Pourquoi ? Tu as quelque chose à me demander ?

Je mordille mon stylo.

— Eh bien, si tu n'es pas trop fatigué…

— Oui ?

— Tu pourrais peut-être me montrer comment établir des corrélations entre mes différentes données… Je ne sais vraiment pas comment faire.

Il se renverse en arrière sur sa chaise.

— Houlà, tu veux m'achever !

— S'il te plaît…

— Arrête avec ton stylo, il ne t'a rien fait !

Il me l'attrape d'un coup sec et le range dans ma trousse.

— En fait, tu ne pourras rien faire avec Excel. Tu as besoin de te servir d'un logiciel d'analyses statistiques.

— Ah bon ? Cela me dépasse… Je m'y perds déjà avec Excel !

— Ton niveau m'impressionne, soupire-t-il. C'est pire que ce que je croyais.

— Merci, dis-je, un peu vexée.

S'il se moque de moi en plus…

— Bonne nouvelle, les ordinateurs de la BU sont tous équipés de ce fameux logiciel d'analyses. Donne-moi ta souris, je vais te montrer.

Il frôle ma main et continue ses explications :

— Tu vois cet onglet en haut à gauche de l'écran ? *J'acquiesce docilement.* Tu cliques dessus… Tu sélectionnes dans ton tableau deux variables… Celles que tu veux comparer… Comme ça… Puis tu lances l'analyse en un clic… Regarde, c'est magique.

Un vrai magicien, en effet…

Cela fait maintenant deux heures que Matthieu analyse mes résultats dans tous les sens avec calme et application.

Il semble connaître le logiciel comme sa poche. Toutes les variables y passent.

Comment fait-il pour rester aussi concentré en repos de garde ? Il m'épate.

Je ne suis pas aussi patiente.

Quand la sonnerie retentit, je me rends compte qu'il est déjà midi et que je n'ai pas vu le temps passer.

— Merci, Matthieu. Tu auras ton nom à côté du mien sur le poster… Encore une ou deux heures de travail à la BU, et je vais pouvoir rédiger mon article.

— C'est pour quand déjà ?

— Le congrès est le 10 avril… Il me reste deux mois.

— C'est bien, tu es dans les temps. Si tu veux, je te montrerai où se trouve l'atelier de reprographie pour imprimer ton poster.

— Vivement que j'en sois là !

Il se dirige vers l'entrée, il faut qu'il récupère ses trois articles avant la fermeture.

Après tout, il était venu pour ça, initialement.

Qu'aurais-je fait sans lui ? Depuis mon arrivée à Brest, il a l'art de se rendre indispensable !

Les étudiants de première année s'amassent à la sortie. Cela me rappelle des souvenirs.

Ils discutent des futurs partiels et j'écoute d'une oreille.

S'ils veulent un conseil de vieille chevronnée : il vaut mieux ne pas faire de pronostics.

Il faut tout réviser, jamais d'impasse, les amis…

Je le vois ressortir avec ses feuilles sous le bras, le sourire aux lèvres.

En le voyant comme ça, personne ne penserait qu'il vient de passer une nuit blanche !

Il fait vraiment touriste avec son short ! Il ne le quitte jamais, celui-là. Je suis sûre qu'il le fait exprès et qu'il en joue.

À l'extérieur de l'hôpital, tout est permis ! Une fois sa blouse ou son pyjama de bloc rangés, il n'est plus obligé de faire si sérieux.

Petite pensée pour son V. *Ah ! Son V…*

— Bon, tu m'invites au restaurant, ce midi ? Tu me dois bien ça !

Il ne perd pas le nord…

— Eh ! Je n'ai pas beaucoup d'argent, je ne suis qu'en premier semestre ! *Je ne vais sûrement pas lui dire que je meurs d'envie de continuer la journée avec lui…* Va pour une crêperie si tu veux !

— Je t'emmène à Douarnenez alors… Les crêpes y sont délicieuses !

— Douarnenez ? Ce n'est pas la porte à côté ! Tu vas dormir quand, cher ami ?

— Règle d'or, ne jamais s'endormir quand on a faim… Et j'ai très faim !

Je pense à ma garde de ce soir et lui explique qu'il faut que je sois impérativement revenue aux urgences pour dix-huit heures.

— OK, Cendrillon… Mais tu n'arrêtes pas d'être de garde ! Toutes les semaines ? s'étonne-t-il.

— J'aimerais bien me payer une voiture, j'en ai marre du vélo sous la pluie.

— Comment ça, il pleut en Bretagne ?

— Cette garde, je l'ai reprise à Farah… Bertrand lui fait une surprise pour son anniversaire. Tu dois être au courant.

— Ah, oui !

Vu son petit sourire complice, je suis sûre qu'il est dans la confidence.

15

La baie des Trépassés

C'est marrant, on ne dirait pas une crêperie mais plutôt une épicerie !

Les murs sont envahis d'étagères pleines de paquets de farine de sarrasin, de bocaux de kig ha farz[1], de sachets d'algues séchées, de caramel au beurre salé.

Je m'approche, curieuse. J'ai envie de tout acheter !

— Oh, la gourmande ! s'exclame-t-il derrière mon épaule. Tu viens t'asseoir ? J'ai faim !

— Tu sais faire le kig ha farz ?

— Ma grand-mère en faisait souvent, cela ne doit pas être très compliqué… On peut acheter la préparation si tu veux. Cela me fera un bon sujet de conversation la prochaine fois que je lui rendrai visite à la maison de retraite. Les recettes de cuisine, elle ne doit pas les avoir oubliées… Hein, madame la neurologue ?

— Oui… Tu peux essayer de lui demander. La mémoire d'apprentissage est souvent préservée au

1. Spécialité bretonne. Sorte de pot-au-feu se démarquant par l'utilisation d'une pâte faite de farine de blé noir.

début de la maladie d'Alzheimer. On verra bien si c'est mangeable…

Il lève les yeux au ciel, faussement craintif.

On s'isole à une toute petite table à côté de la fenêtre.

Y aura-t-il assez de place pour poser deux assiettes ?

J'ai l'impression d'être dans une brocante : les meubles sont disparates, il y en a pour tous les goûts. On aurait pu opter pour les deux tabourets du comptoir ou les bancs d'école le long des grandes tables en chêne massif où d'autres convives sont déjà attablés.

On a choisi le tête-à-tête…

Matthieu, l'objet de tous mes désirs, a décidé de m'offrir sa journée et d'être à moi toute seule.

Grand prince…

Je rougis. Ça devient une habitude… J'espère que cela ne se voit pas.

— Tu viens souvent ici ?

— Oui, j'aime bien surfer dans le coin. Près de la pointe du Raz… Je m'y arrête souvent au retour. Elle est ouverte toute l'année, sept jours sur sept. Ce qui est rare par ici.

Un grand brun au look gothique s'approche de nous. Il porte un petit tablier blanc en coton qui dénote un peu avec son tee-shirt noir « Iron Maiden » et sa ceinture à clous.

— Eh, Matthieu ! Comment vas-tu ? Si t'es là, c'est qu'il doit y avoir des vagues !

— Euh, non… Je n'en sais rien. Pour une fois, je suis venu juste pour tes crêpes !

— Oh, je suis flatté. Il me dévisage d'un air taquin. Tu es sûr d'être venu uniquement pour ça ?

Ça y est ! Je suis définitivement rouge pivoine.

— Vous avez choisi ?

Je me lance :

— Je prendrai celle avec du fromage de chèvre, des noix et de la salade, s'il vous plaît.

Le patron enchaîne en regardant Matthieu :

— Et toi, deux complètes dans la même assiette, c'est ça ?

— Oui… Avec une bouteille de cidre brut fermier, s'il te plaît.

Dès que le grand brun avec son catogan repart vers le comptoir, Matthieu me souffle sur le ton de la confidence :

— Si tu vas dans une crêperie pour la première fois, la meilleure façon de la tester est de prendre une complète… C'est la base.

— D'accord, monsieur l'expert, j'y penserai. Quand est-ce que tu lances le guide Michelin des meilleures crêpes, alors ?

— C'est une idée…

Je me sens de plus en plus à l'aise avec lui. Il m'amuse avec ses opinions bien arrêtées.

— Tu sais, j'ai pensé à toi l'autre jour… Je suis tombée sur un article parlant des surfeurs et d'une pathologie de l'oreille. J'ai oublié son nom.

— L'exostose ? répond-il du tac au tac. C'est drôle que tu en parles, c'est mon sujet de thèse !

— Ah, oui, c'était bien ce mot-là.

— À chaque session, je vais voir les surfeurs sur la plage pour leur poser des questions et regarder leurs tympans avec mon otoscope.

— Tu emportes ton otoscope quand tu surfes ?

— J'en suis à soixante-dix personnes ! J'ai commencé il y a six mois… Je compte m'arrêter à cent.

— C'est original comme sujet de thèse.

Venant de Matthieu, le contraire m'aurait étonnée. Ce sujet lui ressemble.

— Ça consiste en quoi exactement, l'exostose ?

Je veux des détails. Après tout, il a eu droit aux troubles compulsifs du patient parkinsonien tout à l'heure.

— C'est un rétrécissement du conduit auditif externe de l'oreille. La peau est très fine à cet endroit… L'eau froide, le vent, la turbulence des vagues créent des irritations répétées à ce niveau, et l'os en dessous se développe de façon exagérée.

C'est fou… Ils continuent de surfer en plein hiver ? Cela me paraît surhumain. La température de la mer ne doit pas dépasser 15 °C en ce moment. Cela ne m'étonne pas que leurs oreilles soient irritées…

— Tu m'écoutes ou tu rêves ? Marie-Lou ?

Il me regarde en souriant.

— Oui, je t'écoute, excuse-moi… Les surfeurs finistériens doivent être très exposés alors ?

— Bon, ça va, tu as l'air de suivre… Oui, j'ai diagnostiqué une exostose chez cinquante de mes soixante-dix patients…

— C'est énorme ! Il y en a tant que ça ?

— Oui… Sur les cinquante, trois d'entre eux vont bientôt être opérés.

J'ouvre de grands yeux étonnés.

— Ça se manifeste comment ? Ils n'avaient jamais consulté auparavant ?

— Non, cela donne surtout l'impression d'avoir l'oreille bouchée. Certains peuvent aussi faire des otites à répétition. À un stade très évolué – comme les trois que j'ai vus –, ils ont une baisse importante d'audition.

— Comment éviter ce phénomène ? À part, bien sûr, en arrêtant le surf…

— En portant des bouchons d'oreilles ou un bandeau en néoprène. J'en profite pour leur donner ces informations quand je leur fais remplir le questionnaire. Je distribue même des échantillons gratuits sur la plage.

— Je le trouve génial, ton sujet ! Aller sur le terrain, faire de la prévention en même temps… Ça te ressemble ! Ce n'est pas en neurologie que j'aurais un sujet comme ça !

Il pose ses doigts sur le dos de ma main. Juste un effleurement.

— C'est fou que tu sois tombée sur cet article et que tu aies pensé à moi… *Il est si sérieux tout à coup.* Tu as un sixième sens.

J'ai du mal à soutenir ce regard multicolore.

Le petit soleil autour de sa pupille éclaire la pluie…

À quoi pense-t-il en ce moment ? Je n'arrive pas à lire les émotions dans ces yeux-là… Mes « codes couleurs » n'y figurent pas.

Nos deux assiettes arrivent en même temps et coupent court à nos caresses. « Iron Maiden » n'aurait pas pu prendre son temps ?

Ma galette est délicieuse, la pâte est aussi fine qu'une feuille de brick. Ils ont ajouté du miel sur le fromage de chèvre, ça donne une note sucrée.

Matthieu dévore ses deux crêpes en un rien de temps et en commande deux autres dans la foulée.

Ce grand gaillard va me ruiner !

Je le regarde d'un air amusé et me demande s'il en mangerait autant s'il n'était pas invité.

Après avoir réservé le même sort aux crêpes beurre-sucre qu'il vient d'engouffrer par quatre dans la même assiette, Matthieu insiste pour payer l'addition.

J'ai ma réponse.

— Tu ne peux pas m'inviter, Marie-Lou, j'ai mangé trois fois plus que toi… Tu as vraiment un estomac de moineau !

Il se dirige vers le comptoir pour discuter avec le patron, j'en profite pour admirer une dernière fois les étagères.

C'est drôle, il existe même des produits cosmétiques à base d'algues. En ouvrant un pot de crème pour le visage, je m'attends à sentir les goémons. Non, pas du tout. Ça sent l'iode et cela me rappelle mon arrivée à Brest.

Je me laisse convaincre des bienfaits des sels minéraux et des oligoéléments… On verra bien si cela me donne de l'urticaire. Je prends aussi un bocal de kig ha farz et un paquet de farine de sarrasin.

Matthieu gare sa voiture face à l'océan.

La vue est magnifique.

— La baie des Trépassés, annonce-t-il en se tournant vers moi. C'est un de mes endroits préférés.

Je répète, songeuse :

— La baie des Trépassés ? Ce n'est pas très aguichant comme nom !

— De nombreux navires y ont fait naufrage. Les tempêtes ici, ça ne rigole pas !

— On a du mal à l'imaginer, on dirait un lac.

Je m'approche de la plage.

La mer est d'huile, il n'y a pas un souffle de vent.

— Tu viens souvent surfer ici ?

— Oui, ça m'arrive, le week-end avec Bertrand.

Matthieu ouvre le coffre et en sort une combinaison.

— Tu viens te baigner ? Je te prête la combi si tu veux. J'ai même des chaussons, une cagoule et des gants si tu as peur d'avoir froid.

— Non, merci. Je ne sais même pas si j'arriverai à me baigner ici en plein été. Je suis une fille du Sud, tu sais… J'ai les oreilles fragiles.

— C'est ça… Arrête de faire ta mijaurée ! Tu n'y couperas pas, fais-moi confiance.

Il sort un sac rempli de bandeaux en néoprène.

— Tu vois, j'ai tout ce qu'il faut pour tes oreilles… Aucune excuse !

— OK, on verra ! Mais j'attendrai que la mer se réchauffe un peu… Dix-huit degrés au minimum.

Je m'assois sur la dune bordant la plage au milieu des oyats et des chardons. On est seuls au monde.

Matthieu court déjà vers la mer. Il est plus longiligne que je ne le pensais, moulé dans sa combi néoprène. Ses pieds nus dans l'eau glaciale me donnent déjà des frissons.

Il entre dans l'eau comme dans une piscine en plongeant, la tête la première. Ça n'a pas l'air de le gêner apparemment.

Il nage le crawl jusqu'à une bouée jaune postée à une centaine de mètres du bord. Un goéland argenté tient en équilibre dessus et le regarde avec curiosité. « Il est fou, celui-là. »

Sans y prêter attention, il fait le tour de la bouée et revient vers la plage.

La mer est son terrain de jeu. Un vrai poisson !

Quand il se change à côté de moi, c'est tout un cérémonial !

Il se contorsionne dans sa serviette qu'il vient d'ajuster autour de sa taille. Sa combinaison est déjà sur le sable et le voilà maintenant qui se rhabille sans me montrer un seul centimètre carré de peau.

Je me demande bien si c'est par pudeur ou pour ne pas avoir froid…

De toute façon, il n'y a que moi qui pourrais me rincer l'œil.

— Tu es déçue, je ne te montrerai pas mes fesses !

Je ne m'étais pas rendu compte que je le fixais depuis tout à l'heure, la bouche entrouverte.

— Eh bien, balbutié-je, embarrassée. Je ne te connaissais pas aussi prude.

Une fois Matthieu séché et rhabillé, il me rejoint sur la dune.

— Tu vois là-bas ? me dit-il en me montrant du doigt les falaises sur la gauche. C'est la pointe du Raz. Le panorama y est magnifique… Si la visibilité est bonne, tu peux distinguer l'île de Sein. Je t'y emmènerai à la voile si tu veux. Par un jour comme celui-là, où la mer est calme… Le temps s'arrête là-bas, on est coupés du monde.

Sa voix est douce, il a l'air passionné.

Je le regarde s'asseoir à côté de moi, son bonnet de coton noir recouvre ses cheveux mouillés. *Mon bonnet !*

Il s'allonge les bras croisés derrière la tête en regardant le ciel.

— C'est chouette, cette virée improvisée !

— Oui…, dis-je pensivement. *C'est juste un rêve, je voudrais que cela ne finisse jamais…* Merci de me faire découvrir tes coins fétiches. Je commence à me dire que j'ai de la chance d'avoir atterri à Brest.

— Tu commences seulement ?

— Oui, je crois… Avant, je me forçais à être « curieuse et positive ». Tout était tellement pittoresque, si différent… Maintenant, j'en viens à me sentir chez moi…

Je fixe un point sur l'horizon et murmure :

— Surtout quand tu es là avec moi.

Il déplie un bras et me caresse le dos en souriant.

Cela dure une éternité. Je reste à contempler les falaises abruptes et sombres de la pointe du Raz. Sur les rochers bordant la plage, des cormorans étendent leurs ailes, on dirait qu'ils dansent.

Sa main glisse lentement le long de mon dos et vient se poser sur le sable.

Quand je me retourne quelques secondes plus tard, il dort profondément, emmitouflé dans sa veste de quart.

Je lui effleure la joue du bout des doigts, sa fossette a disparu. Il est complètement relâché.

Je laisse le dormeur sur sa dune et vais me promener sur le sentier des douaniers.

Ce petit raidillon longe la falaise au milieu des genêts et des bruyères. À cette période de l'année, il n'y a pas de fleurs. Il faudra que j'y retourne au printemps.

Au fur et à mesure que je grimpe, mon impression d'être seule au monde s'accentue. Pas un seul promeneur. Cela me rappelle les randonnées en raquettes dans la poudreuse immaculée.

Où sont les chamois ?

Sur la plage en contrebas, j'aperçois la silhouette immobile au milieu des touffes vertes.

Il dort encore.

Lorsque je reviens sur la dune, une bonne heure s'est écoulée. Matthieu n'a pas bougé d'un centimètre.

Je m'approche de son visage. Sa bouche est légèrement entrouverte, sa respiration est ample et lente. Je pourrais l'embrasser. Pas à son insu, c'est trop facile.

Je lui chatouille le visage avec une tige d'oyat. Cela suffit à le réveiller, il cligne des yeux.

— Je dors depuis longtemps ? me demande-t-il en s'étirant.

— Oui. Je t'aurais bien laissé dormir encore, mais ma garde commence dans une heure et demie… Je ne me rends pas compte du temps qu'il faut pour rentrer à Brest.

Il se relève avec lenteur, enlève son bonnet et passe une main dans ses cheveux encore humides.

— Ah oui, c'est vrai. Il faut rentrer.

Près de la voiture, je lui tends la main pour prendre le trousseau de clés.

— Je veux bien conduire si tu veux continuer à te reposer.

— Non, c'est gentil… Je connais la route par cœur et j'ai eu mon quota de sommeil !

Je n'insiste pas. Cela fait bien quatre mois que je n'ai pas pris le volant. J'ai l'impression de ne plus savoir comment faire.

Le retour me paraît très court.

Matthieu est particulièrement fort pour me faire parler sans rien dévoiler de son côté… La méthode Madec, je commence à la connaître. Il veut tout savoir du service.

Je lui livre Lucas et ses sautes d'humeur, Daguain et ses visites professorales à rallonge, Farah, ma complice de tous les jours.

Je lui décris aussi les patients qui m'ont le plus marquée et essaie le plus possible de ne pas citer leurs noms pour respecter le secret médical.

— M. L. avec son Korsakoff qui venait m'offrir des fleurs tous les matins… Bon, malheureusement, il les prenait dans le vase à l'entrée du service, mais l'intention y était… On l'a gardé deux mois avant de lui trouver une place en EHPAD, j'ai eu le temps de m'attacher. Il y a eu aussi la belle Mme K., atteinte d'une maladie de Parkinson. Elle attend sa stimulation cérébrale avec impatience… À la dernière réunion multidisciplinaire avec les neurochirurgiens, ils ont fixé la date. Cela sera mi-avril. J'ai demandé à la patiente si je pouvais assister à l'intervention. C'est important que je sois au courant du déroulement exact de la chirurgie. Tu comprends, je pourrai mieux l'expliquer aux patients…

Matthieu m'écoute en silence, il hoche la tête par moments, cela ponctue mes phrases.

En feuilletant sa pochette à CD, je tombe sur l'album *Where The Oceans End* de Cocoon.

Il ne manquait plus que ça pour que cet après-midi soit parfait… La voix feutrée de Mark Daumail égrenant des accords de guitare.

En le regardant conduire, du coin de l'œil, je me demande comment se serait finie la journée si je n'avais pas été de garde.

Il n'aurait pas pu me ressortir : « Allez, mam'zelle, il faut aller te coucher ! »

Non, impossible…

À quoi pense-t-il en ce moment ?

Il tourne la tête vers moi comme s'il m'avait entendue.

Ai-je parlé tout haut ?

Qu'est-ce qui me fait penser à cet instant qu'il est ému ?

Ses yeux qui brillent ? Ses mains qui tremblent légèrement sur le volant ?

Je l'interroge du regard et lui souris.

Cela ne dure qu'un instant.

16

Le trismus de Mme Kerloch

Je venais de passer une journée éprouvante avec Lucas sur le dos et j'allais à cette garde en traînant les pieds.

Avais-je vraiment le droit de me plaindre ? Les gardes du jeudi soir sont très prisées, le repos du vendredi permet de prolonger le week-end.

En arrivant dans le bureau médical, je regarde le cahier des entrées :

« Mme Kerloch, soixante-seize ans. Crise d'épilepsie ? AVC ? Code II. »

Ce n'est pas très précis tout ça… Code II ? C'est urgent alors.

Je suis de garde avec Mélissa, interne d'ophtalmologie. Nul doute que cette entrée est pour moi.

Une fois dans la chambre, j'ai tout de suite le sentiment qu'il se passe quelque chose d'inhabituel.

Cette petite dame, ne mesurant pas plus d'un mètre cinquante, paraît raide comme un bout de bois sur son brancard. On pourrait presque passer le bras sous son dos tellement elle est cambrée.

Elle tourne la tête et me regarde d'un air apeuré. J'avance doucement vers elle.

Sa mâchoire est si crispée qu'elle ne peut articuler deux mots.

Quand je lui suggère des mouvements simples : « Serrez-moi la main droite, fermez les yeux », elle exécute les ordres sans problème. Sa conscience est préservée. Elle est bien là avec moi.

Je palpe sa peau. Je n'ai jamais vu une chose pareille : c'est dur comme du marbre !

Je prends sa jambe droite entre mes mains et la soulève lentement. C'est fou, ses genoux ne plient pas sous l'effet de la pesanteur. La jambe tient toute droite, raide comme un bâton !

Dans ma tête, cela se bouscule…

Ce n'est pas de la spasticité ? Ce n'est pas la rigidité du patient parkinsonien ? Qu'est-ce que c'est alors ?

C'est comme si ses muscles étaient tétanisés…

Je scrute son visage, je ne peux m'empêcher de froncer les sourcils.

Il faut que j'arrête, cela ne fera qu'accroître son stress.

Ses masséters forment deux boules dures sous mes doigts, c'est pour ça qu'elle ne parvient pas à ouvrir la bouche. On parle de trismus dans notre jargon.

Ses dents sont si serrées qu'elle s'est mordu le bout de la langue, il semble qu'il y ait du sang à l'intérieur de sa bouche.

C'est sûr, ça ne ressemble en rien à un accident vasculaire ni à une crise d'épilepsie !

C'est bien beau d'éliminer des diagnostics ! Il faudrait que j'arrive au moins à en poser un…

Je pose mes mains sur son ventre. Il est aussi dur que ses jambes.

Est-ce une péritonite ? Non, impossible ! C'est la même chose de la tête aux pieds…

Je repense à mes questions d'internat et revois le professeur d'ORL de Grenoble :

« Quelles sont les causes du trismus ? »

La première des causes à éliminer devant un trismus… C'est bien le tétanos.

Non ? Ce n'est quand même pas ça ?

Le tétanos n'existe plus en France ! Tout le monde est vacciné depuis des lustres…

Si mon hypothèse se vérifie, comment cette petite dame est-elle passée à travers toutes les campagnes de vaccination ?

Je vérifie son adresse : Brennilis… C'est le cœur des monts d'Arrée.

Elle vient donc de la campagne. À l'époque, on suivait bien les garçons qui faisaient le service militaire mais pas forcément les filles… Surtout en milieu rural.

Le tétanos, comment ça s'attrape ? Il faut une plaie.

Je la déshabille et repère sur sa jambe droite une toute petite excoriation.

— Comment vous êtes-vous fait ça ?

— Ze ui oupée aec a orte de a ca…ane du ardin.

Sa voix est grave et presque inaudible.

— Vous vous êtes coupée… avec la porte… de la cabane… de votre jardin ? C'est ça ?

— Ui.

Cette information est capitale. Je ne sais pas comment j'ai fait pour la comprendre.

— Écoutez, madame, j'ai peut-être une idée de ce qu'il vous arrive… On va s'occuper de vous. Je reviens tout de suite, j'ai besoin d'avoir l'avis d'un autre docteur.

Je retourne précipitamment dans le bureau médical. L'adrénaline monte, je ne me sens plus du tout fatiguée.

À toute vitesse, je tape dans le moteur de recherche : « Tétanos, examen clinique ».

Je retrouve tels quels : l'opisthotonos[1], le ventre de bois, les jambes raides, le trismus…

Ahurissant ! Je ne vois pas d'autre cause. Vraiment pas d'autre…

Je demande à l'infirmière s'il existe un Quick test[2] dans ses placards.

— Un « quick » quoi ? Qu'est-ce que c'est ?

— Un Quick test… Pour voir si cette patiente a été vaccinée contre le tétanos.

— Ah, oui. On doit avoir cela… On ne s'en sert pas souvent ici. Plutôt dans le secteur traumatologie.

En fouillant dans les placards, elle finit par en trouver un au fond d'un tiroir.

Je retourne au chevet de la patiente, accompagnée de l'infirmière.

— Madame Kerloch, êtes-vous à jour dans vos vaccinations ?

---

1. Contracture généralisée prédominant sur les muscles extenseurs, de sorte que le corps est incurvé en arrière et les membres en extension.

2. Test détectant les anticorps antitétaniques. Permet de déceler les personnes non protégées par le vaccin.

Je ne prononce pas tout de suite le mot « tétanos ». Je ne suis pas encore sûre de moi…

La seule réponse que j'obtiens consiste en un haussement d'épaules. Elle semble n'en avoir aucune idée.

— D'accord… On va vérifier cela avec un prélèvement sanguin.

L'infirmière lui pique alors le bout du doigt avec une petite aiguille et dépose la goutte de sang sur une petite feuille.

Comme pour un test de grossesse, si le test est positif, un trait doit apparaître à droite de la feuille. Cela signifierait qu'elle est bien vaccinée contre le tétanos.

Au bout de dix minutes, j'ai beau regarder de près, je ne vois pas l'ombre d'un trait.

Mme Kerloch n'est effectivement pas vaccinée.

Cela n'affirme pas le diagnostic mais il devient plausible.

Je réfléchis à la conduite à tenir.

Dois-je appeler mon chef ? Il est déjà occupé dans le hall d'entrée avec un patient alcoolisé qui ne veut pas se faire examiner. Il a l'air d'y avoir de l'ambiance là-bas.

Et si j'étais, pour une fois, sûre de moi…

J'attrape le téléphone et prends mon courage à deux mains.

— Bonsoir, j'aimerais parler au médecin réanimateur, s'il vous plaît… Ah, c'est M. Lavole qui est de garde ? Bah, oui, passez-le-moi.

Oh non, pas M. Lavole ! Il est connu comme le loup blanc… C'est de loin le plus caractériel de tous les réanimateurs !

Une boule se forme dans mon ventre.

J'espère que je ne suis pas complètement à côté de la plaque avec mon diagnostic, sinon je vais en entendre parler tout mon internat…

— Docteur Lavole. Oui, bonsoir… Marie-Lou Alessi, interne aux urgences… Je vous appelle car nous avons reçu une dame de soixante-seize ans pour une suspicion de crise d'épilepsie. Mais en fait, ce n'est pas du tout ça… Elle s'est mordu la langue, alors forcément ils ont pensé à ça…

— Hum, venez-en au fait, jeune fille…

Qu'est-ce qui m'arrive ? J'ai du mal à aligner deux mots. *Calme-toi…*

— Eh bien, je me permets de vous appeler… car en examinant cette patiente, je trouve un important trismus, une hypertonie musculaire généralisée avec un opisthotonos qui me font suspecter un tétanos. Effectivement, il n'y a aucun trouble de conscience. La dame me regarde, elle répond aux ordres simples. *Pourquoi reste-t-il silencieux au bout du fil ? Il ne faut pas que je me démonte.* C'est sûr, je n'en ai jamais vu… Je l'ai juste appris dans les livres, mais je ne vois pas ce que cela peut être d'autre.

— Hum… Vous savez que c'est très rare, le tétanos, jeune fille ? Vous êtes en quel semestre ?

— Premier semestre de neurologie, monsieur.

— Votre chef a-t-il validé votre hypothèse diagnostique ?

C'est râpé ! Il ne va jamais se déplacer…

— Eh bien, non ! Je n'ai pas pu… Il est occupé dans le hall avec un patient agité. J'ai préféré vous appeler avant.

— Bon, je descends. Je vais voir si c'est comme dans les livres, alors !

— Merci… À tout de suite.

La boule dans mon ventre est de plus en plus grosse, elle est en train de me soulever l'estomac. Heureusement qu'il est vide !

Je commence à ronger mes ongles, c'est mauvais signe.

Le docteur Lavole apparaît déjà au fond du couloir. Il me toise en baissant la tête et en fronçant les sourcils. Cela m'effraie encore plus.

— C'est vous l'interniste, mignonne ?

— Oui.

Encore un Finistérien qui emploie ce mot… C'est assez déstabilisant.

— Où est-elle ?

— Box 6… Je vous montre.

Je reste sur le pas de la porte, tétanisée moi aussi.

— Bonsoir, madame… Docteur Lavole… Si vous le voulez bien, je vais vous examiner à mon tour.

En l'observant palper le ventre de la petite dame, mettre une main sur ses masséters, son visage semble se rembrunir de plus en plus.

Il finit par passer son bras sous le dos courbé, Mme Kerloch tente vainement de soulever sa tête pour le regarder. Ses yeux sont toujours aussi effrayés.

— Depuis quand êtes-vous comme ça ? lui demande-t-il, toujours absorbé par son examen.

— De ui ze atin.

— Depuis ce matin ?

— Ui.

Je vois qu'il cherche une plaie, je m'approche.

— Il y a une petite excoriation sur la jambe droite… Elle s'est coupée avec la porte de son cabanon de jardin.

— Hum…

Le réanimateur se retourne lentement vers moi en dodelinant de la tête d'avant en arrière.

Ses yeux sont brillants, il esquisse un léger sourire.

— Bravo, mignonne… *Oh non, il ne va pas remettre ça ! Cette expression a le don de me hérisser le poil. Elle n'a pourtant rien de condescendant ici, au contraire.* Tu as pu analyser des signes cliniques que tu n'avais jamais vus et établir le bon diagnostic. C'est très bien, je te félicite. C'est rare que je le fasse… Tu es un jeune docteur prometteur.

Si j'avais des ailes, je m'envolerais jusqu'au plafond…

— Madame, lui dit-il d'un ton calme et direct. Je vais vous prendre dans mon service. Vous avez attrapé une bactérie en vous blessant dans votre jardin. Cette bactérie fait se contracter tous vos muscles. C'est pourquoi vous n'arrivez plus à bouger ni à bien articuler. Vous allez rester un certain temps à l'hôpital. Nous allons devoir vous endormir pour relâcher vos muscles avec du curare. Cela va durer plusieurs semaines mais vous n'allez pas vous en rendre compte. Quand vous vous réveillerez, vous ne serez plus crispée et la bactérie sera partie.

La petite dame des monts d'Arrée garde les yeux écarquillés.

Est-elle réellement terrifiée ou est-ce la contraction de ses muscles sourciliers ?

Elle reste silencieuse.

Quand l'imposant docteur Lavole sort du box 6, le col relevé et le stéthoscope autour du cou, j'ose enfin m'approcher de Mme Kerloch et pose ma main sur son bras.

Je m'en souviendrai de cette garde !

17

Le casse-tête chinois

Je passe toute la journée du vendredi sous ma couette, cette garde a été plus éprouvante que je ne le pensais. Physiquement et moralement.

J'enchaîne les films sur l'ordinateur en me goinfrant de sucreries.

Un truc de filles…

J'ai sélectionné des «love stories» à l'eau de rose, remède idéal pour bien récupérer.

Ces films répondent tous à des critères triés sur le volet : le physique plutôt avenant des personnages doit compenser leur côté un peu niais, et l'intrigue, courue d'avance et absolument irréaliste, doit toujours bien se terminer…

Entre deux navets, je commence quelques croquis au fusain.

Une plage déserte et, au loin, un homme se promenant avec son chien… *Étonnant, non ?*

Pourquoi ne m'appelle-t-il pas ? Il a mon numéro maintenant… Je n'ai pas de nouvelles de lui depuis dix jours.

Anna m'a dit qu'il avait posé quelques jours de vacances, elle n'en savait pas plus. Dois-je la croire ?

Je n'ai pas voulu l'interroger davantage, j'ai senti que ça la rendait nerveuse.

Ah, les Madec ! Tous les mêmes !

Pourquoi Matthieu ne me donne-t-il aucun signe de vie ? Il pense peut-être que c'est à moi de l'appeler.

La journée en tête à tête ne signifie-t-elle rien pour lui ?

Moi aussi, j'ai droit à une « love story » ! Hugh Grant, où te caches-tu ?

En me levant le samedi matin, j'ai envie de faire les magasins et de faire chauffer ma carte bleue. C'est l'effet « post-garde » bien connu des internes.

Anna s'est payé une Fiat 500 rose bonbon la semaine dernière. Un achat compulsif selon elle.

J'aimerais quelquefois être aussi insouciante que ma colocataire, avoir des coups de folie comme elle.

Cela me semble impossible. Est-ce une histoire d'éducation ?

Les Alessi n'achèteraient jamais une voiture sur un coup de tête. Je me rappelle l'agacement des vendeurs voyant revenir mon père tous les samedis après-midi pour essayer un nouveau modèle. « Il faut les faire mariner », clamait-il en sortant.

Pas la peine non plus d'aller dans les boutiques de vêtements, j'ai horreur de ça.

Mon ciré jaune est inusable, mes pulls commencent tout juste à avoir quelques peluches au niveau des coudes, et mes jeans n'ont pas encore de trous partout.

Bref, la situation d'extrême urgence n'a pas encore été atteinte.

Ma carte bleue va donc rester bien au chaud dans mon portefeuille, cela ne lui fera pas de mal.

Cet après-midi sera plutôt studieux, l'option « médiathèque » est retenue par élimination.

J'en profiterai pour renouveler mon stock de DVD. Trop de comédies romantiques, ces derniers temps. Une vraie indigestion !

À qui la faute ?

À peine sortie de l'appartement, j'aperçois Anna sur le trottoir d'en face, elle est magnifique dans sa robe rouge satinée et son trench noir.

Elle porte un béret en feutre incliné sur sa tête et semble tout droit sortie d'un film des années trente.

Encore plus belle que Greta Garbo !

Je m'apprête à lui faire signe quand un visage apparaît dans le rétroviseur de la Porsche noire garée à côté d'elle.

Il me semble le reconnaître. Je me cache derrière un lampadaire pour mieux l'observer.

Ma colocataire prise en filature ! On aura tout vu !

Ma grande brune préférée se penche maintenant vers la grosse cylindrée. Ses mains viennent s'appuyer sur la vitre entrouverte.

Je distingue les gants que je lui ai offerts à Noël.

Le mystérieux profil s'avance dans sa direction en allongeant le cou, elle l'embrasse longuement et goulûment à travers la vitre ouverte.

La petite cachottière… Je comprends mieux la nuisette indécente qui traînait dans la salle de bains !

Qui est-il ? Ses joues anguleuses, son menton en galoche me disent quelque chose.

Où donc ai-je croisé ces yeux noirs fuyants ?

Dans le quartier ? À l'hôpital ? Il n'y a pas beaucoup de possibilités.

Je plisse les yeux, toujours cramponnée à mon lampadaire.

Je revois son épaisse tignasse poivre et sel. Elle est frisée, presque crépue. Je me tenais derrière lui… Mais où était-ce ?

— Au staff de neurochirurgie !

Je me rends compte après coup que je me suis exclamée tout haut.

— Pardon ? me demande une passante, étonnée.

— Euh… Non, rien… Excusez-moi !

Ce n'est pas vrai ! C'est lui, son rendez-vous galant ?

Bruno machin-chouette… Le souffre-douleur du professeur Mercier…

Deuxième rang à droite au staff. Il doit être assistant-chef de clinique dans le service.

Qu'est-ce qu'elle lui trouve ? *Beurk !*

Je lâche ma prise et m'empresse de tourner à gauche au coin de la rue.

Anna, dans quel pétrin t'es-tu fourrée ? Un homme marié.

J'arrive place de la Liberté et m'affale sur un banc. Il faut que je digère cette étrange nouvelle. Un débriefing s'impose.

C'était donc ça, les mystères et les non-dits…

Pourquoi Anna ne m'a-t-elle rien dit, encore une fois ? Ça ne compte peut-être pas pour elle…

Je ne suis pas sûre qu'elle ait le même tableau de chasse que Barbara. Elle a l'air bien amourachée tout de même…

Et toi, Matthieu ? Que me caches-tu ? De qui es-tu l'amant ?

Ah, cette rue du Bois-d'Amour ! J'aurais mieux fait de m'abstenir…

Que vais-je faire à la médiathèque alors que je ne rêve que d'une chose : une journée improvisée dans une Golf toute cabossée ? Ce ciel bleu m'invite à l'escapade.

Et pourquoi pas une sieste sur la plage ?

Je regarde la liste de mes favoris sur mon téléphone.

Pourquoi serait-ce forcément à Matthieu de m'appeler ? Je suis vraiment vieux jeu des fois…

Ne réfléchis pas ! Tu en meurs d'envie.

Allez, je me lance !

Il décroche avant même que j'entende la première sonnerie.

— Marie-Lou ?

— Euh… Oui…

Mince, je ne me suis pas préparée… Quelle imbécile je fais ! Que vais-je lui dire ?

— Marie-Lou ? Tu m'entends ?

Quelle excuse vais-je inventer ? J'ai juste envie de le voir.

— Euh… Ah oui, ça y est… Ça capte… Bonjour, Matthieu… Tu vas bien ?

C'est nul comme question.

— Mmm…

— Je me demandais… T'es toujours en voyage ?

— Oui. *Loquace, le garçon.*

— Bon bah… Tant pis…

— Tant pis… Pour quoi ?

— Pour rien…, dis-je pensivement.

Je ne m'attendais pas à ce qu'il soit si froid, je le dérange apparemment.

Le silence qui suit me semble interminable.

— T'es parti loin ? finis-je par lui demander.

— À Bénodet…

— Ah… Chez ta mère ?

— Oui… Je reviens ce soir.

Je ne trouve plus les mots, ma gorge est serrée. Je n'ai qu'une envie : raccrocher.

— À bientôt alors…

— OK.

En raccrochant, je crois entendre au bout du fil : « Je t'appelle… »

Mais c'est trop tard, j'ai une boule dans le ventre et l'envie de pleurer.

Ce mec a vraiment un problème. C'est soit tout blanc, soit tout noir.

Trop compliqué pour moi, il faut que je m'en détache…

« Vvouu ». Ah, j'ai un message ! C'est peut-être lui ? Un regret ?

Non. C'est Eduardo. « Ça te dit un ciné ? »

En voilà un de normal et attentionné !

« Oui, avec plaisir. »

Eduardo pose sa main sur mon épaule.

Je ne suis pas sûre qu'il ait apprécié le film. L'univers de Klapisch est sans doute trop bohème et décalé pour lui. Il n'osera jamais me le dire.

Moi, je m'y retrouve plutôt dans son *Casse-tête chinois* !

Pendant la séance, j'ai senti qu'il me regardait par moments et je me suis bien gardée de tourner la tête.

Voulait-il attraper ma main sur l'accoudoir ? J'ai fini par la cacher sous ma veste posée sur mes genoux, il fallait que j'étouffe le plus possible le bruit de mon portable qui n'arrêtait pas de vibrer.

Peut-être a-t-il aussi été dérangé par mes éclats de rire… Je suis plutôt du genre « sonore » au cinéma et cela peut être déconcertant.

On se retrouve côte à côte sur le trottoir, liés par cette main sur mon épaule.

Je me sens mal à l'aise. Un fossé nous sépare et je ne me l'explique pas.

En sortant mon téléphone de la poche, je me rends compte que Matthieu m'a appelée à trois reprises. C'était lui, les vibrations sur ma cuisse... Le côté blanc refait-il surface ?

Il m'a aussi envoyé trois messages : « Je suis rentré », puis « T'es où » et enfin « Bonne séance alors ».

Comment a-t-il su pour le cinéma ? Bertrand ? Hugo ?

Je vais le laisser mariner…

Quelques minutes plus tard, on se retrouve déjà au pied de l'immeuble.

Le bel Argentin se tient debout face à moi, le néon du *Gobe-mouches* éclaire le côté gauche de son visage. Quel charmant clair-obscur !

Je sais qu'il aimerait que je lui propose de monter, mais je suis trop fatiguée.

Est-ce la seule excuse ?

— Merci, Eduardo, j'ai vraiment apprécié le film. Klapisch est un de mes réalisateurs préférés.

— Plaisir partagé, me répond-il en me dévorant des yeux.

Je ne peux m'empêcher de rire. *Ah, ces Latins !*

— Tu es si joyeuse, Marie-Lou ! s'exclame-t-il en me replaçant une mèche derrière l'oreille. Le charme à la française... Je repars en Argentine dans quelques semaines, ce ne serait pas raisonnable de t'embrasser... *Il me soulève le menton avec le doigt.* J'en ai très envie pourtant.

Je reste bouche bée. Que répondre à ça ? Son profil aquilin est juste magnifique...

— Ce ne serait pas du tout raisonnable, répète-t-il en se penchant vers moi.

Je détourne la tête et lui tends la joue au dernier moment.

— Eduardo, dis-je en souriant. Sache que je suis une fille désespérément raisonnable.

Sa bise s'éternise, je sens son souffle près de mon oreille.

La tête penchée dans cette direction me donne une vue imprenable sur le comptoir du *Gobe-mouches.* Une silhouette familière y est attablée.

Je reconnais les tongs noires posées sur le repose-pieds du tabouret. À sa droite, Mélissa, la belle interne d'ophtalmologie, enlace Hugo. Elles ont décidément la cote, ces grandes blondes…

Ils lorgnent tous deux dans ma direction en rigolant. D'ici quelques secondes, ils vont m'applaudir, je le sens. Il faut fuir.

Le loup de mer, lui, reste impassible. Il tient son verre à quelques centimètres de sa bouche, son regard me brûle déjà les joues.

Écume, à ses pieds, vient de m'apercevoir. Il agite sa queue et se met à aboyer dans ma direction.

Je m'empresse de trouver les clés.

— Bonne nuit, Eduardo, lui dis-je timidement en ouvrant la porte.

Quel casse-tête !

Je l'attends vainement, assise sur le canapé.

N'a-t-il pas envie de me rejoindre ? Il a bien essayé de m'appeler tout à l'heure ?

Je suis sûre qu'Eduardo les a retrouvés au bar. Que leur a-t-il dit ? Le pauvre, je n'aurais jamais dû accepter ce tête-à-tête…

Je me retrouve toute seule dans cet appartement désespérément vide. Où es-tu, Anna ? Tu n'es décidément jamais là ! Je suis si fatiguée…

Je finis par m'endormir tout habillée sur le tissu indien. Je m'enroule dedans au milieu des éléphants.

L'odeur enivrante de Matthieu m'enveloppe. Fragrance aux notes dominantes fraîches, florales et boisées, composées de jasmin, basilic, vétiver, bois de santal, bouton de rose…

Je retrouve mon lit le dimanche matin et ôte mon pantalon avant de me glisser sous la couette.

C'est quand même plus confortable que le canapé du salon !

Mon espace est cela dit un peu plus restreint maintenant que cette grosse boule de poils dort profondément à mes pieds.

Je me demande bien où Matthieu a dormi cette nuit.

J'attrape le cahier à croquis posé sur la table de chevet et commence à dessiner ce gros toutou dormant paisiblement, la tête appuyée sur ses deux pattes.

Les écouteurs sur les oreilles, Alexis HK m'envoûte de sa voix grave.

Je chante sans m'en rendre compte.

« Chaque instant comme dernier présent… Quand on sent que sombre est l'avenir. Chaque instant comme dernier présent… Quand je sens la peur de l'heure de s'enfuir. »

Je sursaute.

Depuis combien de temps Matthieu me regarde-t-il ? J'ai l'air de le faire rire apparemment.

— Tu pourrais frapper avant d'entrer dans ma chambre !

— Tu pourrais répondre quand je frappe !

La mine contrariée, je tire sur ma couette, je ne veux surtout pas qu'il aperçoive ma culotte en coton d'adolescente prépubère. C'est sans doute trop tard.

J'enlève mes écouteurs et les dépose sur la table de nuit.

Écume se redresse et se dirige vers Matthieu. L'appel du ventre, c'est l'heure des croquettes.

— Je venais juste chercher mon chien. Il s'est épris d'une femelle au pedigree hors norme tout droit venue des montagnes… Et je ne fais pas le poids.

S'il croit me faire rire… Je bloque sur cette histoire de culotte.

— La femelle en question te remercie de cette charmante comparaison.

Je lui lance une chaussette traînant sur ma couette. Il l'esquive en rigolant.

— Au fait, félicitations pour le diagnostic de tétanos ! Il paraît que tu as même eu les compliments de Lavole !

— Les nouvelles vont vite, à ce que je vois… C'est Mélissa qui te l'a dit ?

— Mélissa ? Non… C'est plutôt Eduardo qui ne tarit pas d'éloges sur toi…

Je baisse les yeux.

Il a de la repartie… Quand arrêterons-nous de jouer au chat et à la souris ?

Je lui lance l'autre chaussette, il la rattrape au vol.

— J'ai déjà ton bonnet, maintenant tes chaussettes…

— Voleur ! Vu les grands panards que tu as, je ne pense pas que tu entres dans du 38-40.

Il est taquin, aujourd'hui.

— Au fait, où as-tu dormi cette nuit ? Je t'avais pris ton matelas fétiche… Ne me dis pas que tu as dormi dans mon lit !

— Si… Ton oreiller est très agréable… J'y penserai à l'avenir.

Que du vent !

Ce plagiste du dimanche porte un maillot de bain noir et blanc à grosses fleurs en plein mois de mars. Sans doute son pyjama.

Devant son tee-shirt rouge tout délavé, ses cheveux en pagaille, sa barbe de trois jours, je me déride. Il est trop mignon.

— Tu reviens de la plage ?

— J'y vais ! On va surfer avec Bertrand à La Torche… Tu veux venir ? C'est un de mes coins préférés aussi !

— La Torche… La baie des Trépassés… Vous avez vraiment des drôles d'appellations pour vos lieux fétiches ! C'est gentil de me proposer… Mais je vais courir avec Farah et Anna dans les monts d'Arrée.

Enfin, si Anna la cachottière refait surface… Je ne vais rien lui dire, c'est à elle de m'en parler.

Matthieu paraît tout de suite intéressé et vient s'asseoir sur mon lit. Je remonte un peu plus la couette.

— Je sais ce que tu vas me dire : les monts d'Arrée font partie de tes endroits préférés… N'est-ce pas, monsieur le chauvin ?

— Oui, comment tu le sais ? Je suis si prévisible ?

— Faut croire…

— Bon, c'est vrai, il manque la mer… Mais il y a des randonnées superbes à faire dans le coin.

— Anna veut nous montrer le village de Saint-Rivoal. On va courir quelques kilomètres puis on ira manger une crêpe. Après l'effort, le réconfort !

— Oh, je vois… J'imagine très bien le plan « filles ».

Il prend mes écouteurs sur la table de nuit.

— Tu écoutais Alexis HK ?

— Oui… Comment tu as deviné ?

Il chantonne d'une voix grave :

« Que pourrais-je bien te raconter pour rassurer tes yeux ombrageux ? Ça me fait du bien de te parler, tant que nous sommes ici tous les deux. »

Je rougis. C'est irrésistible.

Il approche sa main de mon oreille gauche et y dépose l'écouteur.

— Pas trop fort la musique avec ce type d'appareil… Sinon, tu seras obligée de venir me voir en consultation.

Il fait de même avec mon oreille droite tout en me souriant. Ça me chatouille mais je me laisse faire, ses yeux brillent d'un air coquin.

«Chaque instant comme dernier présent… Quand on sent que sombre est l'avenir.

Chaque instant comme dernier présent… Quand je sens la peur perdre ton sourire.»

Il sort de ma chambre, le spleen d'hier soir a totalement disparu.

18

Ce n'est pas une migraine

Un paquet blanc est posé sur la table du petit déjeuner.

Je le reconnais, c'est le même qu'en novembre.

Il n'a pas oublié le petit mot au crayon gris : « Réserve ta soirée du 2 avril. Prends ton ciré et tes bottes, p'tit marin. »

Toujours très énigmatique, ce garçon.

Je me précipite dans le salon pour voir s'il dort encore sur le canapé. Plus personne... Dans le monde des chirurgiens, il faut se lever tôt pour se rendre au bloc opératoire.

Je ne le croiserai donc jamais au réveil !

Je regarde sur mon agenda : mercredi 2 avril, pas de garde. Je suis libre comme l'air ! De toute façon, il n'avait pas l'air d'en douter.

Est-ce une partie de pêche ? En soirée ? Pourquoi des bottes ?

Il ne va quand même pas m'amener en croisière un mercredi soir ? Il m'avait parlé de l'île de Sein... Il est capable de tout !

J'engloutis les quatre tranches d'andouille avec délectation ainsi qu'un verre de smoothie fraise-banane et un double expresso.

Les surprises me mettent en appétit ! Je vais prendre dix kilos pendant ce semestre si ça continue.

Je me sens pourtant toute légère sur mon vélo en allant à l'hôpital.

Matthieu me prépare une surprise… Mieux… Il pense à moi.

Quand le professeur Daguain apparaît au fond du couloir, je pressens tout de suite qu'il vient me voir en personne. À tous les coups, il veut me parler de son or en barre.

Je lui ai envoyé un e-mail hier soir avec les résultats des analyses de l'étude.

Je n'espère qu'une chose : que cela lui convienne et que je n'aie pas à tout recommencer. Il paraît que c'est le spécialiste des idées de dernière minute…

Il s'approche de moi et me pose sa grande main professorale sur l'épaule.

— Marie-Lise, je vous félicite. *Ce n'est même pas la peine de le reprendre, il me fait le coup du prénom à chaque fois !* J'ai bien reçu votre e-mail hier soir, vos statistiques confirment ce que je pensais… Beau travail. Il n'y a plus qu'à rédiger le poster maintenant. Nolwenn vous montrera comment faire.

— Nolwenn ?

— Oui, notre assistante de recherche clinique. ARC si vous préférez… Ce n'est pas elle qui a réalisé les calculs statistiques ?

— Euh, non… Je ne connaissais même pas son existence. C'est un ami ORL qui m'a montré comment faire.

— Un chirurgien qui maîtrise les statistiques ? Eh bien, cet ami est précieux ! Gardez-le.

Si j'ai la bénédiction du professeur Daguain, tout va bien…

— Au fait, Marie-Lise… *Il va me rendre chèvre !*

— Marie-Lou, monsieur.

— Euh, oui… Concernant le congrès de Stockholm…

J'avale ma salive. *Il commence à me stresser avec son congrès !*

— J'ai un empêchement… Ma femme a mis son veto. Vous comprenez, c'est l'anniversaire de ma fille ! *Cela ne doit pas être drôle tous les jours d'être femme de professeur… Toujours en déplacement à droite et à gauche…* Vous irez à ma place. Vous le méritez.

— À Stockholm ?… Moi ? dis-je, estomaquée.

— Il y a pire comme destination, hein ?

J'acquiesce en silence.

C'est la journée des surprises…

— Sinon, j'aimerais aussi vous parler de Mme Mabic qui entre cet après-midi. C'est vous qui allez vous en occuper ?

— Euh, on ne s'est pas encore réparti les entrées avec Farah, mais… Oui, si vous voulez, je m'en occupe.

Vu son air grave, ce n'est pas une migraine…

— Je l'ai vue en consultation la semaine dernière. Je suspecte fortement une maladie de Creutzfeldt-Jakob génétique. Son frère est décédé de la même maladie il y a quelques années. Je me le rappelle, j'avais moi-même posé le diagnostic. On n'avait pas fait de recherches génétiques à l'époque, il était le seul atteint dans la famille. Mais là, c'est autre chose…

Il va falloir que je me documente sur cette maladie, je ne savais même pas qu'elle pouvait être génétique… Quel fléau pour la famille !

J'attrape consciencieusement le dossier de Madeleine Mabic posé sur le bureau.

— Par contre, Marie-Lou… *Ça y est, mon prénom semble mémorisé !* Ne leur dites rien pour le moment. Elle et son mari ne semblent pas avoir fait le rapprochement avec la maladie de son frère et j'aimerais que l'annonce soit faite après les résultats des examens. Ce n'est pour l'instant qu'une hypothèse diagnostique, vous comprenez. Une forte suspicion, malheureusement.

Je me serais de toute façon bien gardée de le faire…

L'entretien avec le mari me fait tout de suite réaliser que la patiente est atteinte d'une maladie rapidement évolutive.

— Il y a deux mois, elle marchait normalement… Je vous assure, docteur.

Je l'observe courbée dans son fauteuil. Une ceinture la maintient péniblement en position assise et elle est constamment prise de secousses qui font onduler ses doigts et ses orteils.

Comment s'appellent ces mouvements déjà ? Choréiques, il me semble. C'est la première fois que j'en vois.

— Elle pouvait encore parler il y a un mois, comme vous et moi… On n'arrive plus à la comprendre maintenant.

Elle me regarde d'un air apeuré et pousse de petits cris aigus par moments.

Je lui souris et sens que cela l'apaise.

Pourquoi arrive-t-elle si tard à l'hôpital ? Je suis effarée.

— Avez-vous déjà consulté ? Je veux dire... Quand votre épouse a commencé à avoir du mal à marcher ?

— Oui, il y a un mois... Nous avons consulté notre médecin généraliste. Il a d'abord pensé à une maladie de Parkinson. Il disait que Madeleine marchait au ralenti. Il nous a pris un rendez-vous avec le professeur Daguain. Deux mois d'attente, c'est long... Vu la rapidité des troubles, vous comprenez... Il a débuté un traitement mais cela n'a rien fait. Au contraire. Elle s'est mise à avoir des secousses dans les jambes, on a donc tout arrêté.

— Je comprends...

— On a eu peur de retourner voir notre médecin, on n'aime pas trop les louzous... Mais cette semaine, j'ai paniqué car Madeleine ne parlait plus... Les larmes inondent ses yeux. J'ai rappelé notre médecin et lui ai demandé de venir à la maison. En arrivant, il a été surpris par son état et a tout de suite appelé le professeur Daguain pour la faire hospitaliser. J'ai compris que c'était grave...

Il s'affaisse sur le lit. Je m'assois à ses côtés, ma feuille de notes posée sur les genoux.

Son émotion me bouleverse. Si je ne change pas de sujet, je vais me mettre à pleurer, moi aussi.

— Votre épouse a-t-elle eu d'autres problèmes de santé ?

— Pas grand-chose… L'appendicite quand elle était petite. Elle n'était jamais malade.

— Elle prend des médicaments ?

— Euh… Oui, elle est traitée pour la tension et le cholestérol.

La routine, quand on a soixante-huit ans…

— Y a-t-il des maladies particulières dans la famille ?

Je le sais déjà. Mais je voudrais savoir si son mari a cheminé depuis le rendez-vous avec Daguain.

— Non. Rien…

— Maladies neurologiques, j'entends ?

— Enfin si… Mais cela n'a rien à voir ! Son frère est décédé d'une maladie de Creutzfeldt-Jakob il y a cinq ans. C'est d'ailleurs dur pour mon épouse de revenir dans le service, cela lui rappelle son frère. Je sais qu'elle ne parle plus mais je sens son angoisse… Cela avait été très éprouvant pour elle, à l'époque.

Je redoute l'annonce diagnostique…

Je m'approche de la patiente avec une moue compatissante.

— Je vais vous examiner et essayer de vous mettre debout.

Elle sursaute quand je lui prends le bras. Il faut que je sois plus douce dans mes mouvements, manifestement je lui fais peur…

— Cette maladie est effroyable…, confié-je à Farah en la retrouvant dans notre petite salle des internes. Effroyable et incurable…

Comment fait-on pour annoncer une chose pareille ? Sans aucun traitement à proposer en plus ! La neurologie est une étrange spécialité tout de même…

Je retrace mon examen clinique sur la feuille blanche en m'aidant des signes décrits sur l'écran d'ordinateur en face de moi.

Les mouvements choréiques, les sursauts, la raideur, les troubles cognitifs… Mme Mabic présente tous ces signes, son stade est tellement avancé… Combien de temps lui reste-t-il à vivre ? Deux, trois mois… Pas plus…

— Hou hou… Marie-Lou ? Tu rêves ? Les doigts de Farah s'agitent devant mes yeux. C'est l'heure de la zumba, ma belle…

— Ah, c'est vrai, dis-je en soupirant. Je ne suis pas sûre d'y aller. Il faut que je lise quelques articles sur la maladie de Creutzfeldt-Jakob avant la visite de demain.

— Allez, viens ! Tu es déjà la petite chouchoute de Daguain, pas besoin d'en faire des tonnes ! Cela va te changer les idées…

— Pas faux…

19

Le kig ha farz

Un pas sur le côté… Un autre de l'autre côté… Un pas en avant… Un pas en arrière… Salsa !

J'ai bien du mal à me déhancher et me sens toute contractée. L'image de Mme Mabic, courbée dans son fauteuil, m'obsède.

Main sur la hanche… Talon en avant… Pointe en arrière… Cumbia !

J'évacue le stress de la journée et commence à m'assouplir.

Coude relevé… Pas de côté, croisé en avant… Pas de côté, croisé en arrière… Bachata !

À moi, Stockholm ! À moi, les rendez-vous galants en bottes et en ciré !

Jacqueline, dans sa combinaison fluo, n'écoute absolument pas les consignes et ne croise pas les jambes. Cette « super-mamie » bondit sur le côté et fait tourner ses bras comme une toupie. C'est quoi ce type de danse ? Du hip-hop ? Elle vient d'ailleurs de m'envoyer une baffe et pouffe en s'excusant.

La dernière chanson touche à sa fin, je dégouline de sueur.

J'ai dû oublier de reprendre mon souffle et suis encore rouge comme une tomate ! On ne voit même plus mes taches de rousseur.

Dans la grande glace, j'aperçois Farah dans le même état que moi. Elle me sourit en faisant des cercles avec sa main devant sa poitrine. Que veut-elle me dire ?

En baissant le menton, je me rends compte que mon tee-shirt blanc est devenu complètement transparent et colle à ma poitrine. Bon, je n'aurais pas dû mettre un soutien-gorge noir... Toujours le sens du détail, cette Farah... Je lui tire la langue et place ma serviette autour du cou.

— On se fait un « plan pizza » à la maison ? me demande-t-elle.

— Avec plaisir ! Pour reprendre tous les kilos qu'on vient de perdre.

Dans le hall d'entrée, Farah m'agrippe le bras d'un coup sec et me murmure à l'oreille, d'un air conspirateur :

— En fait, je pense que le « plan pizza » va être remis à plus tard... Jette un œil à la fenêtre et regarde qui t'attend avec ses yeux de merlan frit !

Je me fige.

Matthieu nous fait face, il s'est mis sur son trente et un. C'est louche... Que me concocte-t-il encore ? Il porte un pantalon noir retroussé aux chevilles et une chemise en lin bleu clair.

De mousse, il est passé capitaine ! Waouh... Sa petite fossette en bas de sa joue droite se creuse toujours quand il sourit.

Je reconnais le petit sac de tissu blanc qu'il tient dans la main.

Je cours vers lui et l'embrasse sur la joue.

— Kig ha farz ?

— Oui, m'dame.

Mon engouement le fait reculer d'un pas. *Ne surtout pas brusquer ce beau marin !*

— Chouette... Je meurs de faim !

Ses yeux descendent machinalement sur ma poitrine. Je me surprends à aimer ça.

En temps normal, j'aurais croisé les bras en refermant ma serviette. *En temps normal...*

— Dis donc, tu es sexy quand tu danses la salsa en survêtement et en baskets ! me taquine-t-il. Tu pourrais me refaire ça avec une robe fendue jusqu'à la cuisse ? Celle du dernier tonus, par exemple...

— Pourquoi pas... Si je me délecte avec ton kig ha farz !

Je salue Farah en levant la main.

— À demain.

— À demain, madame le professeur ! me lance-t-elle de loin.

Je la vois se diriger vers la rue George-Sand, elle a donc décidé de rejoindre Bertrand. Depuis leur week-end en amoureux sur l'île d'Ouessant, leur histoire a pris un autre tournant. Un anniversaire-surprise des plus romantiques. Ça devient vraiment sérieux...

— Madame le professeur ? me questionne Matthieu en fronçant les sourcils.

— Eh oui... Et c'est grâce à toi ! Tu sais que Daguain vient de me proposer d'aller à Stockholm à sa place ?

— Excellent...

— Figure-toi qu'il a été impressionné par nos analyses statistiques ! Il ne voulait pas croire qu'un interne d'ORL m'avait aidée…

— Ah oui ? On n'est pas si arriérés que ça en ORL !

Il passe son bras derrière mon dos et me glisse à l'oreille :

— Je suis impressionné… Un congrès international en premier semestre ! C'est du jamais vu.

On marche lentement côte à côte, je voudrais que sa main reste collée à jamais sur ma hanche. Il me parle de la Suède, ce peuple de marins… Je l'écoute en silence jusqu'à la porte de l'immeuble.

Je rêve que Barbara ou Mélissa passe par là. Désolée, les filles ! Il est à moi. Au moins ce soir. Et vous savez quoi ? Il va même cuisiner pour moi !

Une fois dans la cuisine, le chef se met aux fourneaux.

Il me faut à peine cinq minutes pour prendre une douche et enfiler mon jean. L'odeur me suit jusque dans la salle de bains. *Hmm… Je suis affamée !*

— Je peux être ton commis ? dis-je, tout en boutonnant ma chemise. Dis-moi ce qu'il faut faire !

— J'ai déjà tout fait ! Tu sais que cela doit mijoter trois heures ? Il paraît si concentré. Sa cuillère en bois dessine des cercles lents et réguliers. Vu ta faim de loup, je n'allais pas te faire manger à onze heures du soir !

— Effectivement, je suis impatiente de goûter ! Cela sent divinement bon… Tu avais du temps cet après-midi ?

— Oui, on peut faire plein de choses quand on est en repos de garde.

— Ah, c'est vrai ! Monsieur ne se repose jamais… Raconte-moi comment tu as préparé ce festin !

Il remet le couvercle et se retourne vers moi.

— Je suis allé voir Francis en bas… Après m'avoir offert un ou deux verres de « Gobe-mouches »… Fait quelques statistiques pour les matchs du week-end… Il m'a vendu un jarret qu'il avait fait dessaler la veille et sept cent cinquante grammes de plat de côtes. Tu vois, la recette est précise.

— Je dois reconnaître que tu m'impressionnes…

— Je suis ensuite remonté à l'appartement pour préparer ma pâte. Il ouvre le sac en tissu pour me la montrer. *J'évite de lui faire remarquer qu'on dirait de la glaise…* J'ai mélangé de la farine de blé noir achetée à Douarnenez, du beurre, de la crème, du jaune d'œuf et un peu de bouillon de cuisson.

— Hmm, ça me met l'eau à la bouche ! Mais dites donc, chef… Elle semble très diététique, votre recette !

— Juste assez pour vous remplumer, p'tit commis.

Je soulève le couvercle de la marmite posée sur la gazinière, une odeur de pot-au-feu se dégage dans toute la pièce.

— C'est le jarret ?

— Oui… Et les légumes : carottes, chou, navets, oignons, poireaux…

— On dirait le pot-au-feu de ma grand-mère.

— J'imagine que c'est un compliment ?

Je m'approche de Matthieu et l'embrasse rapidement sur la bouche. Cela dure une demi-seconde, mais assez pour le déstabiliser totalement.

— Oui, c'est un compliment.

Je rougis, surprise par mon audace. Il regarde ses chaussures et se retourne vers la marmite. *Échec et mat…*

Au moment où j'ouvre l'armoire en formica blanche pour sortir les assiettes, la porte d'entrée s'ouvre avec fracas.

Anna s'écroule par terre, secouée par d'intenses sanglots.

Matthieu me scrute d'un air interrogatif.

C'est tellement violent de voir notre Anna adorée assise par terre en pleurs. Elle est si sûre d'elle d'habitude, si forte, si intouchable…

Que lui arrive-t-il ? J'en ai une vague idée…

Je me précipite vers elle :

— Anna !

Je lui prends les bras et essaie de la relever, elle reste la tête courbée vers le sol en sanglotant.

— Que se passe-t-il, ma belle ?

Je lui caresse la nuque puis les cheveux doucement.

— Laisse-moi… Laisse-moi, hoquette-t-elle en reniflant.

Je m'assois à côté d'elle et la prends dans mes bras.

Elle pose sa tête sur mes genoux et continue de pleurer en silence, ses larmes roulent sur sa joue et viennent finir leur course sur mon jean.

Je me retourne vers Matthieu. Il n'a pas bougé, toujours sa cuillère en bois à la main, je vois l'effroi sur son visage, il est tétanisé.

Après quelques secondes à regarder dans le vide, il pose sa cuillère et vient s'asseoir à côté de moi.

— Anna, murmure-t-il, je suis là aussi… Racontenous, on est là pour toi.

Il s'appuie sur mon bras pour s'approcher de son visage et se rembrunit tout à coup.

— C'est quoi ça ? demande-t-il en effleurant la tempe de sa cousine avec son index. On t'a frappée ?

Je remarque alors une légère tuméfaction au-dessus du sourcil gauche d'Anna. Matthieu commence à s'agiter et à parler de plus en plus fort.

— Anna, réponds-moi ! On t'a frappée ?

— Ne t'inquiète pas pour moi..., dit-elle en secouant la tête, je l'ai un peu cherché, à vrai dire.

— Tu rigoles ou quoi ? C'est qui ? C'est qui, Anna ?

— Arrête, Matthieu, ça ne servirait à rien de te le dire.

Ma vague idée devient une certitude. *C'est lui, j'en suis sûre...*

— Anna, me risqué-je en continuant à caresser sa nuque, est-ce que c'est... Bruno Martigues ?

Un silence suit, étonnamment long.

Elle semble avoir stoppé sa respiration, ses yeux restent dans le vague.

Matthieu la dévisage, perplexe :

— L'assistant de neurochirurgie ? Le kéké avec sa Porsche Cayenne ? Il se retourne vers moi. Pourquoi tu dis ça, Marie-Lou ? Il est marié, sa femme est infirmière en endocrinologie. Marie-Lou ?

Le silence de ma colocataire conforte mon hypothèse.

— Anna, je t'ai aperçue dans la rue un samedi après-midi. C'était il y a quinze jours environ... Tu sortais de sa Porsche. J'ai vu sa tête dans le rétroviseur. Tu t'es penchée vers lui et...

— Arrête ! me coupe-t-elle dans un souffle.

— J'ai ensuite fait le rapprochement. Je l'avais déjà croisé sortant de l'immeuble un samedi matin en revenant d'une garde. Je venais d'arriver, j'avais pensé à ce moment-là qu'il habitait l'immeuble…

Matthieu garde ses sourcils froncés, le gris de ses yeux tire vers le noir. J'ose à peine le regarder. J'enchaîne quand même.

— Anna… Je vis avec toi depuis cinq mois. Nos chambres sont côte à côte. Je commence à connaître ton emploi du temps. Je me doutais bien que les soirs où tu n'étais pas de garde, tu ne dormais pas dans la rue… Anna ? Réponds-nous.

Ses grands yeux bruns se ferment et une grosse larme vient rouler sur ma cuisse.

— On t'aime, tu sais, on s'inquiète pour toi…, finis-je par lâcher.

Après un long silence, elle attrape ma main dans sa nuque et me la serre fort.

Elle se relève doucement et s'assoit en tailleur. Ses cheveux sont tout emmêlés et son rimmel forme deux coulées sur ses joues.

— J'ai merdé, les amis… Tout est fini, c'est de ma faute.

— C'est vrai ce que dit Marie-Lou ? C'est ce connard en Porsche qui t'a fait du mal ?

— Matthieu, ne t'énerve pas ! Il n'y est pour rien. Je lui ai sauté dessus à un tonus, on était complètement bourrés… On a fini sur la table du billard à l'étage sans comprendre pourquoi… Puis on s'est dit au revoir en rigolant vers deux heures du matin.

— Anna, mais ça ne va pas ? Tu lui as sauté… Je déteins sur toi ou quoi ?

Il se pince les lèvres en me regardant.

Comme si je n'étais pas au courant de sa réputation de tombeur ! Malheureusement, avec toutes les filles... Sauf moi !

Anna poursuit, sa langue se délie.

— Non, Matthieu ! À la différence de toi, je n'ai pas eu envie d'en rester là... La semaine suivante, je n'arrêtais pas de repenser à lui. À son dos musclé et cambré, à ses fesses froides sous mes mains, à son sexe...

— Euh, Anna, la coupe Matthieu. On ne veut pas tout savoir...

Il lui prend le bras pour la relever.

— Tiens, viens dans la cuisine ! On va s'asseoir à la table, ça sera mieux. Je vais vous servir mon kig ha farz ! Il y en aurait pour dix si on voulait.

Je m'occupe de mettre le couvert en silence et laisse les deux cousins converser.

— Mais c'était physique... Purement sexuel, tu comprends ?

— Oui, très bien ! Mais ce n'est pas une raison pour détailler. Cela fait partie des choses que je ne veux pas savoir. Tu es ma cousine tout de même !

Matthieu nous sert les légumes avec une louche, dépose la pâte de blé noir dans un coin de l'assiette puis la viande. C'est gargantuesque !

J'avais perdu l'appétit en voyant Anna dans cet état, mais il est revenu d'un seul coup.

Alors que les effets thérapeutiques du kig ha farz agissent déjà sur moi, ma voisine de table, elle, ne semble pas prêter attention une seule seconde à ce qu'elle a dans son assiette.

— Le lundi qui a suivi, je lui ai laissé un mot sous son essuie-glace, raconte-t-elle, un peu honteuse.

Matthieu s'assoit entre nous deux.

— Anna, tu n'as pas fait ça ? Sa femme travaille au même endroit… Ils auraient très bien pu échanger leurs voitures !

— Arrête de me parler de sa femme !

Il hausse les épaules en se mordant la joue.

Il est craquant, le cousin… Anna, elle, a retrouvé de la vigueur. Tous aux abris !

— Je n'ai pas signé. Tu vois, je suis prudente ! Je lui disais juste que la partie de billard m'avait plu… Et qu'on pouvait remettre ça le lendemain à l'heure du café… Il a tout de suite compris.

— Oui… Les mecs sont vraiment très perspicaces dans ces moments-là, réplique Matthieu.

Hmm, je me régale ! La pâte de blé noir fond dans la bouche.

On reconnaît bien le goût de la galette, la texture est plus humide. Le bouillon de la potée me brûle le palais. Ne va pas si vite, Marie-Lou !

Matthieu me dévisage, son air grave ne le quitte pas, mais je perçois l'ombre d'un sourire. Je sais, je suis gourmande.

Je me pince les lèvres et lève les yeux au plafond en mimant l'extase. Il a compris le message.

Anna, de son côté, n'arrive toujours pas à toucher à son assiette.

— J'ai été son « plan cul » pendant six mois… Nous nous voyions à toutes ses gardes et presque tous les midis à l'heure du café… Enfermés dans son bureau.

Je n'en crois pas mes oreilles. Anna et sa double vie !

On dirait l'héroïne d'une série télé : *Urgences* ou *Grey's Anatomy. Même combat…*

J'ose faire une remarque.

— Je comprends mieux pourquoi j'avais plus l'impression d'être en colocation avec Écume et Matthieu depuis un certain temps…

— Ouais, désolée… En fait, sans comprendre pourquoi je suis devenue dépendante de lui. Je sais, c'est complètement dingue ! Quand il annulait un rendez-vous, c'était la fin du monde ! Depuis novembre, tout mon planning se faisait en fonction de lui. Ne surtout pas être de garde en même temps que lui ! Ne pas finir trop tard un bloc pour être au rendez-vous « café »…

Anna paraît tellement triste, je n'arrête pas de penser qu'elle mérite mieux.

— On peut dire que tu étais accro…, dis-je en prenant sa main posée sur la table. Que s'est-il passé ? Sa femme l'a appris ?

— Ben, non finalement… Il devait m'accompagner à Paris, ce week-end. Il me l'avait promis depuis longtemps. J'avais réservé deux places au théâtre du Rond-Point samedi soir. Il m'a appelée dans mon service en fin d'après-midi et m'a demandé de passer dans son bureau en partant. Je craignais le pire… Une fête-surprise pour la tante de sa femme ! Tu te rends compte ? L'excuse bidon ! Il ne pouvait pas lui faire ça… Tu comprends ? Je suis entrée dans une rage folle. D'habitude, je sais me contenir, mais j'avoue que le ton est rapidement monté. Je l'ai traité de lâche, il m'a dit qu'il ne m'avait jamais rien promis. Ce n'est pas faux d'ailleurs… J'ai pris son téléphone et l'ai menacé d'appeler sa femme, il s'est alors jeté sur moi. Je n'ai jamais voulu lâcher son portable… D'où l'uppercut sur ma tempe gauche.

Matthieu ne tient plus.

— Mais je rêve ! Il n'avait pas le droit de te frapper ! Je vais lui régler son compte à ce connard !

— Matthieu, arrête, calme-toi ! Je l'ai giflé, moi aussi. J'espère d'ailleurs qu'il aura une belle marque… En ouvrant la porte de son bureau, je suis tombée nez à nez avec Bertrand et le professeur Mercier qui discutaient dans le couloir. J'avais une tête de déterrée et je n'arrêtais pas de pleurer… J'ai eu le temps de voir le chef de service fusiller Bruno du regard… Bertrand t'en parlera sans doute.

Elle se prend la tête entre les mains et se remet à sangloter.

Bon, rien à faire… Elle ne mangera pas !

En conduisant Anna vers le salon, je vois Matthieu se lever de table et prendre sa veste sur le portemanteau.

— Faut que je sorte prendre l'air ! De toute façon, Écume m'attend sur le bateau… Je vous laisse entre filles.

Et mon kig ha farz en tête à tête ?

Je n'ai jamais vu Matthieu si en colère. Je sens qu'il la contient mais est prêt à exploser.

Il claque la porte malgré lui.

De la fenêtre, je l'aperçois s'adosser à la portière de sa Golf et sortir son téléphone de sa poche.

Qui appelle-t-il ? En l'observant ramener nerveusement ses cheveux en arrière à plusieurs reprises, je me dis que Bruno Martigues n'a qu'à bien se tenir !

20

Le poids des gènes

Un attroupement attire mon attention en sortant de l'internat.

Une dizaine de blouses blanches s'agglutinent devant la Porsche Cayenne de Bruno Martigues. Il la gare toujours bien en évidence à l'entrée du parking comme pour exposer une œuvre d'art ! Il s'abstiendra peut-être dorénavant…

Les vitres sont recouvertes d'une étrange crème blanche qui dégouline sur les portières noires métallisées. Comme un nappage de gâteau qui n'aurait pas été terminé.

Matthieu… Qu'as-tu fait ?

Sur le pare-brise, figure une inscription dans la même matière : « Pas classe ! » *Non, pas classe du tout…*

Les commentaires vont bon train : « Qu'est-ce qu'il a fait pour mériter ça ? C'est quoi ? Du yaourt ? Il va être vert ! À mon avis, c'est un patient qui n'est pas content… Ou une histoire de cul… Il paraît qu'il les enchaîne… » *Pauvre Anna… Un trophée de chasse de plus.*

Le laitage est tranquillement en train de sécher et des croûtes se forment par-ci par-là.

J'imagine déjà Bruno Martigues avec sa raclette et sa bassine d'eau chaude en train d'essayer de nettoyer tout ça. Un beau spectacle. J'en connais un qui ne va pas le rater.

Je savais que Matthieu allait trouver quelque chose pour le punir mais je ne pensais pas qu'il attendrait quelques jours pour élaborer son plan.

Il a tapé là où ça fait mal : le joujou de monsieur. Après tout, il n'a rien abîmé ! Le concept de l'humiliation non violente… Anna risque d'être furieuse contre lui.

On ne frappe pas une femme, encore moins une Madec !

Je reste à l'écart du troupeau et lui envoie un message : « J'ai admiré ton œuvre d'art éphémère. »

Je n'ai même pas le temps de ranger mon portable qu'il me répond au quart de tour : « Je sais, je suis en train de t'observer. »

En me retournant, je l'aperçois à la fenêtre du premier étage, son téléphone à la main.

« Qui te dit que c'est moi ? Il n'y a pas de signature… Comme pour ta fresque. »

Je lui souris en haussant les épaules.

Qu'est-ce qu'il croit ? Je commence à le connaître…

J'ai du mal à me concentrer cet après-midi. La vision de Bruno Martigues, sa raclette à la main, ne me quitte pas…

Pour une fois, je suis à jour dans mes courriers et mon entrée de cet après-midi n'est pas encore arrivée. Cela me laisse un peu de temps pour surfer sur Internet…

« Stockholm… Située au bord de la mer Baltique, la ville est construite en partie sur plusieurs îles, à l'embouchure du lac Malar, ce qui lui a valu, à l'instar d'autres cités européennes, son surnom de Venise du Nord. »

Ça donne envie. Vais-je avoir un peu de temps pour visiter ? Cela risque d'être frustrant sinon. Je pars presque une semaine au total.

— Marie-Lou prépare déjà son voyage à ce que je vois ?

Aïe, prise en flagrant délit…

Je reconnais cette voix grave, ses discrets « che » qui prennent la place des « je »…

« El professor »… Je n'avais pas dû fermer la porte derrière moi.

— Oui, c'est plutôt calme cet après-midi… *Je ne sais pas pourquoi je rougis comme ça. Je me sens coupable comme si j'avais fait une bêtise. Tu as vingt-cinq ans, ma vieille… Pas besoin de se justifier comme à l'école.*

— Vous allez voir, c'est magnifique, Stockholm ! En avril, les jours commencent à rallonger un peu, vous n'aurez pas trop froid. *J'acquiesce timidement.* J'ai rendez-vous avec M. Mabic pour lui annoncer le diagnostic de son épouse… Voulez-vous venir avec moi ?

— Euh… Oui, je vous suis.

En accompagnant M. Mabic dans le bureau du professeur Daguain, je comprends enfin l'intérêt de la porte capitonnée, de la moquette, du canapé en velours…

En fait, tous ces éléments de décoration sont là pour adoucir les mauvaises nouvelles.

Pas de poings qui viennent frapper contre la porte, pas de talons qui claquent sur le lino, pas de dos inconfortablement calé à un dossier en bois ou en métal… L'ambiance se veut cosy.

Je reste assise à côté du professeur, les mains posées sur les genoux.

M. Mabic disparaît presque entre les coussins du canapé. Ses pieds touchent à peine le sol. Je fixe un point sur le mur pour éviter de voir le visage décomposé de ce pauvre mari.

Rester stoïque quand il existe une telle charge émotionnelle est vraiment un exercice difficile.

Contiens-toi, Marie-Lou… Si je pouvais parler et bouger, cela serait plus facile de ne rien extérioriser, mais là, c'est compliqué. La marée est montante…

— Intérieurement, je m'en doutais… Mais je ne voulais pas l'admettre… Combien de temps, docteur ?

M. Mabic a bien du mal à rester immobile, lui aussi. Il croise et décroise les jambes, puis se frotte machinalement les mains.

Daguain ponctue ses phrases par de longs soupirs. Chaque mot semble minutieusement choisi. Pas une syllabe de trop.

— Il paraît bien difficile de répondre à cette question… On ne peut bien sûr pas prédire l'avenir. Chaque patient est tellement différent. Nous sommes… et vous le savez aussi, face à une maladie neurologique rapidement évolutive. L'aggravation de ces dernières semaines en est la preuve…

— Quelques mois ?

— Malheureusement…, déplore le professeur.

Un long silence suit, Daguain regarde l'homme qui s'effondre en face de lui avec ce même visage grave et solennel.

Comment fait-il pour ne laisser transparaître aucune émotion ?

— Et je dis quoi, à mes enfants ? C'est génétique, c'est ça ? Ils risquent de mourir de cette maladie eux aussi ?

Je redoutais qu'il ne pose la question…

Daguain se lève lentement de sa chaise et vient s'asseoir dans le canapé à côté de lui. Enfin ! Cette distance commençait à me gêner…

— Nous n'avons pas encore le résultat de l'analyse génétique envoyée à Paris, au laboratoire de l'hôpital de la Pitié-Salpêtrière, plus précisément. Je vous tiendrai au courant et nous nous reverrons à ce moment-là. Si le résultat est positif, dans ce cas-là, oui… Il y a un risque pour vos enfants. Voudront-ils ou non savoir s'ils sont porteurs du gène ? C'est une démarche individuelle difficile et éprouvante qui mérite d'être réfléchie et accompagnée. Pour vous aider dans ces réflexions, vous pourrez vous rendre, vous et vos enfants, à une consultation de neurogénétique.

Le poids des gènes… Quelle fatalité ! Le résultat sera sûrement positif. Comment vont réagir les enfants ?

Une fois l'entretien terminé, Daguain me demande de rester. Il a dû se rendre compte à quel point j'étais remuée.

— On ne fait pas un métier facile, regrette-t-il. L'empathie que l'on ressent dans ces moments-là nous rappelle que nous ne sommes pas uniquement des techniciens. *Je l'écoute en silence, aucun mot ne peut sortir de ma bouche.* Cette émotion nous permet d'exercer notre métier le plus humainement possible. Gardez-la, elle est précieuse.

Il ponctue sa phrase d'un sourire bienveillant.

C'étaient les mots que je voulais entendre, monsieur le patriarche…

Je passe le reste de la journée avec la gorge nouée. Encore une claque dans la figure !

Je me destine à un drôle de métier quand j'y pense… Je vais rencontrer des gens, juste quelques heures, et leur annoncer des horreurs… La fin de leur vie paisible et tranquille. Un oiseau de mauvais augure, voilà ce que je vais devenir…

Finalement, je ne serai présente qu'à des tournants malheureux de leur vie, il va falloir que je m'habitue. J'aurais dû faire sage-femme, comme ma sœur. Elle aura droit, elle, aux moments heureux…

Comment faire la part des choses entre ma vie privée et le malheur des gens que je croise à l'hôpital ? Quand je quitte le travail, il faut que j'arrive à faire abstraction de ce que je viens de vivre, et à le garder dans un coin de ma tête.

Y arriverai-je un jour ? Je l'espère. Je n'aurai pas les épaules assez solides pour porter tous ces fardeaux !

La vie est tellement injuste pour certains, je n'avais pas réalisé cela dans mon cocon doré.

En six mois, j'ai gagné dix ans de maturité. *Et paf, une claque… Et paf, une autre…* Mes parents ne vont plus me reconnaître.

J'ai la chance d'avoir Farah à mes côtés, elle m'accompagne dans ces coups durs. Elle est ma « force tranquille » en quelque sorte !

Et puis il y a Matthieu qui gravite autour de moi. Il est devenu tellement important ! J'ai l'impression qu'il me rend plus forte.

Cet être atypique occupe mon esprit en permanence. C'est lui mon abstraction ! Je sais qu'il a des sentiments pour moi sans pouvoir vraiment les définir.

Demain, il me fait une surprise et je vais y penser toute la soirée…

21

C'que t'es belle !

En cette matinée du mercredi 2 avril, j'ai la tête ailleurs en faisant ma visite.

— Ah bon, madame Kermabon, vous êtes constipée ? Vous prenez bien du jus d'orange au petit déjeuner ? Et des pruneaux en dessert ? Bon, je vais vous prescrire quelque chose… Deux sachets de Macrogol le matin feront l'affaire. Sinon comment s'appellent vos petits-enfants que j'ai aperçus hier après-midi ? Maïwenn, Youn et Fanch ? Ils ne seraient pas bretons, par hasard ?

— Monsieur Perraud, il paraît que vous avez mal au pied ? Montrez-moi… Ah oui, ça ressemble à une crise de goutte, votre gros orteil est rouge et chaud. Vous en avez déjà fait ? Je vais vous prescrire de la colchicine. Attention, cela peut donner la diarrhée ! Ah, vous regardez une émission sur le Mont-Blanc ? C'est chez moi, vous savez… Là, c'est le petit train qui monte au glacier de Bionnassay jusqu'à la gare du Nid d'Aigle. C'est majestueux, la vue d'en haut, je vous le conseille.

— Madame Michel, montrez-moi comment vous marchez ! Vous faites des progrès de jour en jour. Véronique, la kinésithérapeute, m'a dit que vous étiez très volontaire. Par contre, ne brûlez pas les étapes et prenez bien votre déambulateur car cela serait trop risqué avec une canne pour le moment… Oh, que lisez-vous ? Michel Bussi ? Ah oui, il est très bien, celui-là, je l'ai dévoré.

La visite de mes treize patients s'éternise. Ils ne posent pourtant aucun problème majeur, mais je suis si distraite.

Quand j'entre chambre 64, je surprends Mme Gérard en flagrant délit. La vieille dame est en train de donner du pain à un goéland bien grassouillet posé sur la rambarde de sa fenêtre.

— Si vous lui donnez à manger, il ne va pas quitter votre fenêtre, lui dis-je en feignant de la gronder.

— Ben justement, il me tient compagnie. Il reste sur l'appui de fenêtre et attend que je lui donne quelque chose. Il mange de tout, c'est drôle ! Il adore les betteraves ! Moi, pas du tout… Je me sens moins seule, vous comprenez ?

Cela ne m'étonne pas qu'il mange n'importe quoi. Ces goélands sont de vraies poubelles ambulantes…

— Bon, lui réponds-je en souriant, s'il a des vertus thérapeutiques, ce goéland, c'est autre chose… Original comme animal de compagnie ! Par contre, si vous ne mangez pas tout votre plateau, ce n'est pas comme ça que vous allez reprendre du poids !

Mme Gérard a perdu cinq kilos depuis son AVC il y a quinze jours. Son hémiplégie gauche régresse progressivement, seul son bras reste malhabile et l'empêche encore de s'habiller toute seule.

Cette octogénaire dynamique a repris la marche depuis deux jours avec une canne tripode. Quels progrès !

Les premiers jours, elle était tout le temps en train de pleurer, elle ne voulait pas quitter son lit. Je redoutais qu'elle ne fasse un syndrome de glissement.

Quand certaines personnes âgées se retrouvent hospitalisées, elles peuvent perdre leur élan vital et se laisser aller jusqu'à la mort. On parle alors de « glissement », comme si elles prenaient inexorablement la mauvaise pente…

Mme Gérard, elle, a rapidement repris confiance. Est-ce le fait de se faire chouchouter par toute l'équipe ? Il faut dire qu'elle est tellement attachante.

Veuve de son état et sans enfants, elle n'a pas beaucoup de visites. Seulement quelques voisines bavardes et fatigantes qu'elle n'ose pas congédier.

Maintenant qu'elle peut sortir de sa chambre, elle veut absolument rentrer chez elle. Il paraît que Princesse, son yorkshire, trépigne d'impatience, lui aussi.

J'ai négocié, non sans mal, trois semaines de convalescence. Les Bretons sont têtus, paraît-il…

Vu la vitesse de récupération, elle retrouvera son autonomie avant la fin de son séjour, je n'ai pas trop de doutes là-dessus. Peut-être pourra-t-elle refaire du tricot… Elle m'a promis une écharpe en point jersey.

Je m'assois à côté de Farah au cinquième rang juste derrière la tignasse frisée de Bruno Martigues et le catogan de Lucas Godard. Le staff de neurochirurgie va bientôt commencer.

Le brouhaha s'interrompra brusquement quand le professeur Mercier, assis au premier rang, frappera dans ses mains. Les élèves sont au garde-à-vous ! L'ambiance est assez militaire ici, les plus gradés sont devant, les sbires comme moi sont derrière.

Les externes, n'en parlons pas ! Ils se retrouvent tout au fond et restent debout, pour la plupart.

Une fois par mois, le chef de service invite ses collègues neurologues pour discuter de dossiers communs. Pour l'occasion, Daguain a le droit de siéger au premier rang lui aussi. *Les agrégés ne se mélangent pas…* J'aperçois sa tonsure en contre-jour devant le tableau blanc éclairé par le vidéoprojecteur.

Farah doit présenter le cas d'un patient chez qui elle vient de diagnostiquer une tumeur cérébrale. Elle aimerait obtenir une biopsie cérébrale dès la semaine prochaine. Il va falloir qu'elle soit convaincante. Ce n'est pas Lucas qui va l'aider…

Je l'ai fait répéter avant de venir, elle connaît son dossier sur le bout des doigts. Cela ne l'empêche pas de stresser, même si elle ne l'avoue pas. Elle n'arrête pas de gigoter sur sa chaise et vient de faire tomber le dossier posé sur ses genoux.

Les feuilles s'éparpillent par terre jusqu'aux baskets de Lucas. J'entends d'ici son long soupir d'exaspération.

Ma co-interne avait passé un temps fou à classer les différents examens par ordre chronologique… *La pauvre !* La voilà à quatre pattes pour ramasser les feuilles une à une. Toute la rangée s'active pour l'aider.

Une fois remise de ses émotions, j'ose lui demander :

— Tu sais où Matthieu doit m'emmener ? Bertrand t'a dit quelque chose ? *Sûrement !*

Elle sourit en secouant la tête.

J'ai sans doute parlé un peu fort car Bertrand, assis à sa droite, penche la tête en avant et me nargue d'un clin d'œil.

— Tu te rends compte que tu es en train de me mentir ? *Vilaine fille*…

Ma moue boudeuse amuse la galerie, même Lucas se retourne. Il ne manquerait plus qu'il soit dans la confidence, celui-là ! Il s'est bien moqué de moi, ce matin, quand il a aperçu le sac plastique avec mes bottes, déposé au pied du portemanteau dans la salle des internes.

Matthieu doit venir me chercher dans le service cet après-midi mais il n'a pas précisé à quelle heure. Je commence à m'inquiéter.

— Si ça se trouve, son bloc est fini et il m'attend déjà…

Les chirurgiens finissent souvent plus tôt l'après-midi, à part, bien sûr, en neurochirurgie. J'ai oublié de lui dire que le staff s'éternisait souvent…

Je m'apprête à sortir mon téléphone pour le prévenir quand Farah interrompt mon geste.

— Pas la peine de t'inquiéter… Regarde qui entre ! Il a l'air bien renseigné.

Matthieu vient d'apparaître dans l'encadrement de la porte, et sans même un regard vers moi, s'assoit directement à l'extrémité droite de ma rangée, juste à côté de Bertrand.

Que vient-il faire ici ? Présente-t-il un dossier lui aussi ?

Ce n'est pas impossible, il m'a expliqué que les ORL et les neurochirurgiens opéraient quelquefois en duo sur les neurinomes de l'acoustique.

À peine a-t-il pris place que le claquement de mains du professeur Mercier se fait entendre.

Je n'aurai pas le temps de lui parler.

Martigues tourne la tête et fusille mon bel ORL du regard, son profil sculpté au couteau en dit long.

J'essaie tant bien que mal de lui faire un signe en me penchant en avant. À priori, monsieur a décidé de me faire languir…

La rade de Brest vue du pont de l'Iroise est toujours aussi belle. Surtout quand le soleil du soir éclaire la mer.

On voit se découper au loin, en contre-jour, la côte nord de la presqu'île de Crozon. Je ne m'en lasse pas.

Et dire que je n'avais pas eu droit à ce beau spectacle en arrivant en train, il y a plus de cinq mois maintenant ! Ah, le brouillard ! C'est vrai que j'ai fini par m'y faire.

— Tu m'emmènes où, alors ?

— Tu n'as pas une petite idée ? Où a-t-on besoin de bottes ?

— Sur un terrain humide. Sable ? Vase ? Rochers ? Sur un bateau ? *Les bourrasques de vent poussent par moments la Golf sur la voie de gauche, Matthieu redresse le volant de main de maître. J'avoue que cette option m'effraie un peu…*

— Hum… Tu chauffes ! s'esclaffe-t-il. Surtout quand tu parles de vase !

— Tu te moques de moi, là ? On va pêcher ? Des coques ? À cette heure ? Tu as vu le temps qu'il fait ?

Il éclate de rire puis chantonne à tue-tête, tout en regardant la route. Ma réaction le comble de joie apparemment.

« C'que t'es belle quand j'ai bu, je regrette de n'avoir pas fait d'autres abus, tellement t'es belle quand j'bois. Les gens qui s'occupaient de la santé publique ont crié au scandale quand je leur ai dit ça. Je les invitais donc à venir très vite participer à cette expérience avec moi. »

— C'est drôle que tu connaisses Alexis HK… C'est un de mes chanteurs préférés. Son public a facilement dix ans de plus que nous, en moyenne.

— Je me disais aussi que tu n'étais pas dans la moyenne, répond-il, un peu railleur. Je suis très « rétro » dans mes goûts musicaux. Ma grand-mère avait une collection de vinyles que j'écoutais en boucle : Brel, Brassens, Piaf… Puis j'ai découvert Gainsbourg, Bashung… J'adore les chanteurs à texte.

Tiens, c'est bien la première fois que Matthieu daigne me livrer une information personnelle ! Les pièces du puzzle vont bien finir par se rassembler un jour.

— On a les mêmes goûts alors, dis-je en regardant les montagnes Noires pointer à l'horizon.

On laisse derrière nous la sortie « Châteaulin » et on prend la direction de Quimper. Il ne m'a jamais amenée aussi loin. Allons-nous à Bénodet, chez sa mère ? Je me garde bien de le lui demander sinon il va se fermer comme une huître, je commence à le connaître.

Il pose sa main droite sur la mienne et la caresse lentement avec son pouce. Après quelques minutes, il entrecroise ses doigts avec les miens.

C'est très explicite ce geste, cher Matthieu.

Dans les codes sociaux de notre société, cela veut dire qu'on est amoureux. L'aurait-il décidé spécialement ce soir ? Faut-il pour ça des bottes et un ciré ?

Je le regarde en attendant un signe de sa part… Rien. Il continue à fixer la route devant lui.

Affaire à suivre !

On quitte la voie express en direction de Fouesnant. Il n'y a pas un chat par ici. La nuit commence à tomber, ce qui ne me rassure pas…

— T'ai-je déjà dit que je ne savais pas très bien nager ? finis-je par lui demander.

— Mince… Non, je ne savais pas. *J'ai l'impression qu'il se mord la joue pour ne pas sourire.* Tiens, regarde sur la banquette à l'arrière, Francis nous a préparé des sandwichs. C'est important de bien manger pour ne pas avoir le mal de mer…

— Ah ? Je ne suis pas sûre de vouloir vomir la charcuterie de Francis…

Arrêtés au feu rouge dans le centre de Pleuven, une pancarte sur la devanture d'un bistrot attire mon attention : « Concert d'Alexis HK à l'Archipel de Fouesnant, mercredi 2 avril, 20 h 30. »

— J'ai trouvé ! dis-je, victorieuse.

— Enfin…

— Je suis trop contente ! Je ne l'ai jamais vu en concert. Je me penche vers lui et l'embrasse énergiquement sur la joue. Il redémarre, impassible. C'est vraiment drôle, on se retrouve en pleine cambrousse pour aller voir un concert ! Ça doit être une petite salle en plus… Je n'arrête pas de gesticuler sur mon siège tant je suis excitée. Mais pourquoi les bottes ?

— Pour te piéger, jolie fille…

Ouf, pas de pêche aux coques dans la vase à la nuit tombante !

Matthieu m'offre une bière à la buvette avant d'entrer. De la cent pour cent bretonne avec un triskel sur l'étiquette ! De toute façon, je n'ai pas le choix, c'est « boisson unique » ce soir ! Je n'ose lui avouer que je ne suis pas une grande adepte de cette boisson fermentée. Avec du sirop de grenadine, à la rigueur…

La salle de l'Archipel est encore plus petite que je ne l'imaginais. En plus, il reste de la place tout devant.

Le grand brun en costume noir arrive sur scène et nous enveloppe de sa voix grave. La mise en scène est simple et sobre, juste un halo de lumière pour l'éclairer.

Je pose ma tête sur l'épaule de Matthieu et me retrouve transportée sur une autre planète : celle des rimes incisives à l'humour un tantinet cynique, celle des situations burlesques…

Dans ce moment intime, je me dis que l'homme à côté de moi partage la même sensibilité. C'est rare, j'en suis consciente.

— Merci, Matthieu, c'était un beau moment… Tu montes ?

Je connais déjà sa réponse. Je la pressens depuis le moment où les lumières de Brest ont surgi devant nous. Il est devenu distant et m'a lâché la main. Je lui fais peur ou quoi ?

— Non, désolé…, murmure-t-il en baissant la tête. J'ai un bloc super important demain avec le patron. Il est déjà minuit… Je dois être en casaque au plus tard à huit heures.

Ne surtout pas lui montrer que je suis déçue.

— C'est plus raisonnable, tu as raison…

J'essaie de masquer les trémolos qui apparaissent en fin de phrase. Je pose ma main sur son épaule gauche et le fixe intensément. Pourquoi n'arrive-t-il pas à soutenir mon regard ? Cela m'inquiète… L'ai-je blessé ?

— Matthieu, regarde-moi ! J'ai du mal à comprendre… Il n'y a donc rien entre nous ?

Ses yeux paraissent si tristes tout à coup.

— Si… Si… Mais s'il te plaît, Marie-Lou… J'ai besoin d'un peu de temps. *Pourquoi prendre du temps avec moi et pas avec toutes les autres ? Je sais que je ne suis pas faite dans le même moule que Barbara et compagnie… Mais quand même !*

Je m'approche pour l'embrasser et reste en suspension quelques secondes, lèvres tendues. C'est sa joue qu'il me tend. On peut appeler cela un « vent »…

— Bon bah, salut…

— Salut, soupire-t-il.

Pourquoi semble-t-il si triste ? Il nous joue le remake de *Roméo et Juliette* ou quoi ? Les amours impossibles… Il n'y a rien d'irréalisable pourtant. J'en ai marre !

Il attend que je franchisse la porte avant de partir. Pourquoi se donne-t-il cette peine ? J'ai les mains qui tremblent et ne trouve pas mes clés. Comme d'habitude…

Eh, calme-toi ! Tu as passé une belle soirée, il ne t'avait rien promis. Pas de baiser, pas de câlins… Elles sont où, ces putains de clés ?

Après tout, il m'a déjà habituée à ça… Il me sort, il me caresse mais il ne me baise pas !

Ça y est, j'entends le tintement des clés au fond de mon sac. J'ouvre la porte à toute vitesse sans même me retourner et monte les marches quatre à quatre.

C'est une fois le dos collé à la porte d'entrée, face au poster du phare de Pen-Men, que les larmes se mettent à couler. Rapports humains impossibles…

— Ce n'était pas bien, le concert ?

Mince, Anna ne dort pas encore ! Elle se tient droite devant moi en peignoir rose avec des pantoufles assorties.

— Si, super ! dis-je en me frottant les yeux rapidement. Un géant en costard… Un show à l'ancienne… *Compliqué de construire des phrases entières quand on est bouleversée…* Bref, merveilleux…

— Et ?

Anna reste plantée en face de moi d'un air dubitatif.

— Et… *Je capitule. C'est trop tard maintenant, j'ai la mine défaite.* Comment dire ? Matthieu… est un gentil cousin… pour moi aussi.

— Pourquoi tu dis ça ?

Elle a l'air surprise ou feint de l'être.

— Parce qu'il est prévenant, poli, courtois… Tu veux d'autres adjectifs ? Un peu comme s'il sortait sa grand-mère de l'EHPAD pour une virée en amoureux.

— Tu n'exagérerais pas, non ? Mon cousin est aussi peu romantique ?

Je me dirige vers le salon et m'affale sur le canapé.

— Je me suis juste fait des idées, c'est tout…

Anna s'assoit à côté de moi.

— Je ne comprends rien à ce qui se passe… Matthieu n'a rien tenté depuis tout ce temps ? Lui, le tombeur ! Il a bien changé depuis quelques mois. Il ne collectionne plus les « pétasses » à chaque tonus, il boit moins qu'avant… Il a même commencé sa thèse ! T'imagines ? En plus, il ne parle que de toi, il n'y a pas une semaine où il ne dort sur le canapé et où il n'achète de la cochonnaille chez Francis dans l'unique but de te faire plaisir. On aura tout vu ! Il est vraiment plus complexe que je ne le pensais.

— Oui c'est ça… Complexe, c'est le mot, dis-je en soupirant.

Je n'ai pas envie d'en parler, cela me met mal à l'aise. Anna n'est pas neutre, c'est sa cousine et sa confidente. Encore une fois, il ne m'a jamais rien promis et n'a jamais rien tenté.

— Allez, bonne nuit. Je suis fatiguée.

Je retrouve mon lit et mes écouteurs. Mes pieds froids auraient bien besoin d'une couverture de poils…

22

La femme stimulée

La porte vitrée s'ouvre automatiquement devant moi. Je reconnais tout de suite Bertrand derrière son masque et sa blouse bleue. Il dépasse tout le monde d'au moins une tête ! Ses yeux se plissent dans ma direction, je suis sûre qu'il me sourit.

Il se tient derrière le champ opératoire aux côtés du docteur Rialdo.

Ce dernier est-il monté sur un tabouret pour ne pas paraître ridiculement petit comparé à son interne ? Je ne peux m'empêcher de sourire…

C'est compliqué de respirer derrière un masque, l'odeur du papier se mêle à celle du désinfectant. En plus, cela me chatouille le nez. Je viens de passer cinq bonnes minutes à me laver les mains, ce n'est pas maintenant que je vais me gratter.

C'est trop tard, prends ton mal en patience ! Je fronce le nez et fais aller ma bouche de droite à gauche. Ça va mieux comme ça…

Il faut maintenant que je prenne quelques secondes pour étudier la scène avant d'oser bouger un orteil.

Serai-je un jour à l'aise dans ces ambiances de bloc opératoire ?

Je repère le professeur Daguain, debout à droite de la patiente, et m'approche de lui sur la pointe des pieds.

Pourquoi cette démarche ? Je ne me l'explique pas, d'autant que ce n'est pas si facile de marcher sur la pointe des pieds avec des sabots en plastique taille 44. Je n'ai trouvé que ça dans les vestiaires… Ne surtout pas toucher quoi que ce soit ! Je ne suis pas en habits stériles…

Bertrand plisse les yeux de plus belle. Bon, j'ai l'air ridicule apparemment.

J'avais déjà vu des photos de cadre stéréotaxique, mais c'est beaucoup plus impressionnant en vrai. Des tiges métalliques sont vissées à même le crâne de la patiente, les deux pointes avant transpercent ses tempes, juste à la racine de ses cheveux.

Ce dispositif un peu « barbare » sert de guide pour la descente des électrodes. Effectivement, il ne faut pas que la tête bouge d'un millimètre…

Brigitte Kerlau, dont le front est recouvert de Bétadine orange, me regarde avec des yeux écarquillés, un peu effrayés. Elle semble me reconnaître. Je lui souris en hochant la tête.

Je sais qu'on ne lui a pas donné son traitement ce matin pour mieux évaluer l'effet de la stimulation.

Cette situation est très inconfortable pour elle, cela me rappelle les tests du mois de décembre. Elle a l'air si crispée. Qui ne le serait pas ? Ne vient-on pas de faire des trous dans son crâne avec une perceuse ?

Sa bouche reste entrouverte, un filet de salive coule au coin. Elle paraît avoir quelques difficultés à déglutir. J'espère que l'intervention ne sera pas trop longue… L'infirmière face à moi éponge son visage avec une compresse.

À sa droite, la kinésithérapeute masse ses jambes pour tenter de la détendre. Ça en fait du monde !

Enzo Rialdo annonce la descente de la première électrode d'un ton théâtral. Comme à son habitude, il est d'un calme olympien.

— Marilyn, vous arrivez au bon moment…, fait Daguain, qui vient de s'apercevoir de ma présence. *Mince, je pensais qu'il avait enfin retenu mon prénom !*

— Marie-Lou, monsieur.

— Oui, ce n'est pas ce que j'ai dit ? Vous allez tester le tremblement et la rigidité de la patiente quand Enzo va mettre en route la stimulation. *Je ne suis pas sûre qu'il faille me donner une quelconque responsabilité…* Dès que je vous le dis, vous prendrez sa main. *J'acquiesce en silence. C'est gentil de vouloir jouer les rôles d'enseignant en toute circonstance mais je ne veux surtout pas tout faire capoter…*

Je n'en reviens pas, c'est extraordinaire… Aussitôt la stimulation mise en route, le tremblement s'arrête à la seconde près. Mme Kerlau se robotise ! Le docteur Rialdo actionne la télécommande…

Quand je mobilise son poignet, il paraît souple tout à coup et se laisse mouliner dans tous les sens.

— Impressionnant…

— L'électrode semble tout à fait en place, déclare le professeur au chirurgien. Bonne nouvelle, madame Kerlau, la première descente est la bonne !

Un sourire encore crispé s'esquisse. Elle sait qu'elle n'est pas au bout de ses peines. Il reste l'autre côté.

Quelle épreuve, quand j'y pense !

Bertrand m'a retrouvée dans les vestiaires à la fin de l'intervention.

— Bravo, Marie-Lou, tu n'es pas tombée dans les pommes ! Je l'aurais parié quand je t'ai vue entrer dans le bloc tout à l'heure.

J'enfile mon tee-shirt à toute vitesse. Il ne faut pas être pudique chez les chirurgiens !

— Moque-toi de moi… C'est quoi ces clichés ? Les internes de médecine ne font pas toujours de malaise au bloc. J'avoue quand même avoir été très impressionnée en entrant.

Bertrand s'approche de moi en caleçon. Sans complexes…

— Tu m'accompagnes à l'internat ? À cette heure, il n'y aura plus grand monde… J'appelle Farah pour voir si elle veut nous rejoindre.

— Oui, avec plaisir… J'ai une faim de loup !

Il est plutôt musclé pour un gars mince… Les tablettes de chocolat, comme on dit !

La patiente des urgences n'arrive pas, les brancardiers doivent être une nouvelle fois débordés. J'espère qu'elle ne va pas trop tarder quand même, mon avion décolle à dix-neuf heures ce soir.

Demain matin, je me réveillerai à Stockholm. J'ai du mal à réaliser…

Je profite de ce contretemps pour aller saluer Mme Kerlau à l'étage du dessous en neurochirurgie.

— Elle vient juste de sortir de la salle de réveil et de regagner sa chambre, me dit une des infirmières du service. Chambre 45.

Le couloir est calme, il n'y a pas un chat. Ici, les patients déambulent moins qu'en neurologie.

Quand je repense à M. Lelguen… On avait même scotché son nom derrière son dos au cas où il se perdrait.

J'entends un petit « oui » fluet après avoir frappé à la porte et m'autorise donc à entrer.

— Bonjour, madame Kerlau…

Je reste suspendue à la poignée, bouche bée.

Elle porte un bandage sur la tête. Elle tente de sourire dans ma direction mais son visage reste de cire.

En face d'elle, assis sur son lit, Matthieu la veille. *Mon Matthieu…*

Il a beau me tourner le dos, c'est lui. Cela ne fait aucun doute.

Une de ses grandes mains est posée sur le bras frêle et pâle d'où s'élève la perfusion. Que fait-il là ?

Il a fait tomber la blouse.

C'est certain, son attitude n'est pas celle d'un soignant mais celle d'un proche… Qui est-elle par rapport à lui ? Je prends le temps de déglutir.

— Heu… Je vous dérange, apparemment.

Le dos de Matthieu se raidit et j'observe sa main se déplacer rapidement sur la couverture.

— Je voulais prendre de vos nouvelles…

À ce moment, il se retourne et me regarde tristement. *Encore ce regard…* Je ne lui accorde qu'un coup d'œil éclair et n'ai qu'une envie : déguerpir au plus vite.

— Bon, je vous laisse… Bonne fin de journée, reposez-vous bien.

Je sors de la chambre à la hâte. Surtout ne croiser personne ! J'ai la tête en vrac et les larmes ne sont pas loin. Je vais prendre les escaliers plutôt que l'ascenseur, il y aura moins de monde…

Je m'enferme dans les toilettes attenantes à la salle des internes et compose le numéro d'Anna.

— Allô… Marie-Lou ?

— Dis-moi, Anna… Tu connais une certaine Mme Kerlau ? *Anna ne me répond pas, elle sait sûrement quelque chose.* Qui est-elle pour Matthieu ?

Ma voix tremble, les mots sortent à toute vitesse, Anna doit le percevoir.

— Heu… Attends, Marie-Lou… Je suis dans une chambre… Excusez-moi, monsieur, je reviens tout de suite. Elle reprend. Tu es où ? Tu sembles bouleversée… Qu'est-ce qui se passe ? Il y a eu un problème avec l'intervention ?

— Mais putain, Anna… Comment sais-tu qu'elle s'est fait opérer ?

— J'arrive… Tu es où ?

— Non, tu ne bouges pas et tu me réponds ! Qui est-elle par rapport à vous deux ? Matthieu et toi ?

— Marie-Lou, ma chérie… *Depuis quand m'appelle-t-elle « ma chérie » ?* C'est ma tante… La maman de Matthieu.

Je n'arrive pas à enchaîner, il faut encore que je déglutisse.

— Tu rigoles ou quoi ? Je m'occupe de cette patiente depuis des mois. J'en ai même parlé à Matthieu plusieurs fois. Tu comprends, elle m'a beaucoup touchée… Et il ne m'a rien dit ? Ça rime à quoi ?

Je suis submergée. Une vraie fontaine. Il m'a piégée, c'est injuste...

— Je comprends mieux pourquoi il me posait plein de questions sur mon service, mes patients... Et pourquoi ne porte-t-il pas son nom ? Kerlau... Madec... Rien à voir ?

— Kerlau est son nom de jeune fille. Elle a divorcé il y a trois ans environ... *Ah oui, c'est vrai, elle me l'avait dit. Tout se recoupe maintenant ! Le mari, le fils...* Tu sais, Marie-Lou, c'est Brigitte qui a insisté pour que nous gardions le secret... Quand je lui ai parlé de toi pour la première fois, elle était hospitalisée dans ton service et tu étais déjà son interne. C'était ta première semaine, elle ne voulait pas te déstabiliser. Elle avait peur que tu sois gênée vis-à-vis d'elle. Elle ne voulait pas non plus d'un régime de faveur. *Je comprends maintenant pourquoi Matthieu est si complexe, il a de qui tenir...* Matthieu avait interdiction de venir la voir quand elle était à l'hôpital. Elle ne voulait pas qu'il ait cette image d'elle, ni que le service sache qu'elle avait un fils interne. Tu as dû le remarquer, c'est une femme pudique et intransigeante. Quand elle a décidé quelque chose, on a du mal à la contredire.

— C'est complètement délirant ! A-t-elle imaginé une seule seconde que tous ces non-dits pourraient me blesser ? *Je ne peux m'empêcher de sangloter à chaque phrase.* Et Matthieu, dans tout ça ? Il fait toujours ce que sa mère lui dicte ? J'en ai marre ! De mon côté, je suis un livre ouvert. Vous savez tout de moi... *De toute façon, je ne sais pas faire autrement.* Anna, depuis le début, tu m'esquives... J'ai dû te prendre en flag' avec Bruno Martigues pour enfin comprendre ton emploi du temps. En fait, tu fais comme si j'étais ta voisine de palier, rien de plus…

Je renifle, adossée à la porte des toilettes.

— Arrête, Marie-Lou, tu ne peux pas dire ça ! Tu es injuste. Elle continue en murmurant. J'aurais adoré qu'il soit célibataire pour pouvoir le crier sur les toits, mais j'étais coincée. Ce secret me pesait plus que tu ne l'imagines…

— Je dois te laisser, finis-je par la couper. La patiente des urgences a dû arriver et il ne faut pas que je finisse trop tard.

Je me relève et me passe de l'eau sur le visage. Pourquoi faire simple quand on peut faire compliqué ?

Mon reflet dans le miroir fait peur à voir. Mes joues sont rouges et mes paupières bouffies. Je vais attendre un peu pour sortir.

Moi qui trouvais que cette nouvelle petite famille m'avait accueillie les bras ouverts ! Tu parles, ils m'ont caché l'essentiel !

Qu'est-ce que Matthieu veut me faire croire ? Qu'il est sans faille ? Que ça fait tache d'avoir une maman parkinsonienne ?

Mes pensées divaguent, je marche au radar et rentre dans la salle des internes sans rien remarquer.

Ils croyaient quoi ? Que je n'allais jamais le savoir ?

Le dossier des urgences est posé sur mon bureau bien en évidence : « Bilan d'un malaise avec perte de connaissance ». Bon, cela ne va pas être trop compliqué à gérer. Tant mieux.

Un léger frottement à ma droite attire mon attention.

Matthieu se tient debout près du portemanteau et m'observe avec les mêmes yeux tristes que tout à l'heure.

Je n'ai pas du tout envie de le voir, ses explications me fatiguent d'avance. Je décide de l'ignorer et lui tourne la tête. L'objectif du moment est d'avoir mon avion à dix-neuf heures.

— Marie-Lou… Ne m'en veux pas, me dit-il doucement en s'approchant. Je viens d'avoir Anna et elle m'a dit que tu étais très fâchée.

Je recule et me retrouve les cuisses plaquées contre le bureau. Il se rapproche encore.

— Ça me rend malade de t'avoir blessée…

Il pose sa main sur ma joue, je la repousse.

Ses traits sont curieusement immobiles, cela m'effraie. Il est capable de faire disparaître toute colère en moi en un instant.

— Je n'ai rien planifié, Marie-Lou… Tu dois me croire. Tout s'impose à moi. *Ses yeux me scrutent si intensément… Difficile de ne pas baisser la tête. Ils ont encore changé de couleur… Est-ce l'obscurité de la pièce qui fait ça ? Un ciel d'orage…* Depuis le début, je suis dépassé par les événements. La maladie de ma mère quand j'avais quinze ans, sa façon de me ménager au début. Les non-dits… C'est une grande spécialiste ! *Alors pourquoi te comportes-tu comme elle si tu en souffres ?* Sa retraite anticipée il y a cinq ans, la dépression qui a suivi… Il n'y a pas une semaine où je ne m'inquiète pour elle… Cet été, son état s'est considérablement aggravé. Elle était prise de tremblements intenses et elle n'avait même pas la force de se faire son injection. J'étais en stage à Quimper et je rentrais souvent m'occuper d'elle. L'hospitalisation en novembre a été source d'espoir. *Sa voix est douce et suave comme d'habitude.* Et puis, il y a eu ta rencontre, Marie-Lou... Il me soulève le menton. En pleine nuit, dans l'entrée de l'appartement... Mon p'tit marin d'eau douce... Il repose sa main sur ma joue, je la repousse encore. Il continue. Ce soir-là, tu m'as jeté un sort... Il a fallu que tu sois interne en neurologie et qu'au même moment, tu t'occupes de ma mère... Les mois qui ont suivi, j'avais l'impression d'être partout où tu allais sans même le décider. Je ne sais pas si c'est une histoire de magie, de phéromones ou si c'est juste le hasard... Mais une chose est sûre, je t'ai dans la peau. Marie-Lou...

Pourquoi choisit-il ce moment pour me faire une aussi belle déclaration ?

Il se penche lentement vers moi, repose sa main sur ma joue. Je ferme les yeux.

Je sens ses lèvres frôler chacune de mes paupières puis descendre sur l'arête de mon nez, parcourir ma bouche sans même la toucher. J'en ai des frissons.

— Pardonne-moi, Marie-Lou, chuchote-t-il.

J'entrouvre doucement les lèvres et tends mon visage.

La pression est plus forte, son souffle est chaud. Il m'embrasse longuement.

Je remonte mes mains le long de sa chemise. Je prends mon temps. Sa langue chaude joue avec la mienne et s'enfonce de plus en plus loin dans ma bouche.

Le désir monte en moi comme une vague qui déferle. Je sens les muscles de son cou se contracter un à un au passage de mes doigts. Je remonte le long du trapèze jusqu'à la racine de ses cheveux. Mes doigts se perdent dans ses boucles. Elles sont si douces…

Je le sens frissonner à son tour quand j'arrive au niveau de ses tempes. Je sais qu'il me désire aussi. Son étreinte se radoucit, ses lèvres viennent de nouveau caresser les miennes. Mes paumes viennent se poser à plat sur ses deux joues.

Après plusieurs secondes sans bouger, je finis par le repousser doucement millimètre par millimètre. Effort qui me semble surhumain tant je me sens aimantée…

Je peux maintenant le regarder au fond des yeux. *La bruine est retombée sur Brest, l'orage est parti vers l'océan.*

— Il faut que j'y aille… J'ai un dernier patient à voir et un avion à prendre.

23

Un café sur l'île de Skeppsholmen

Une fois assise et ceinturée à l'arrière de l'Airbus A-319 qui m'amène à Paris, je m'autorise enfin à réfléchir.

C'était si intense ! J'ai du mal à m'en remettre.

Je regarde encore une fois le message que j'ai reçu dans le taxi : « Pourquoi ne t'ai-je pas embrassée plus tôt ? » *Il ne manque pas de culot…*

Je lui réponds un énigmatique : « ? » et coupe mon téléphone. Il comprendra ce qu'il voudra…

Comment peut-il oser m'envoyer ce message ? N'ai-je pas attendu lèvres tendues qu'il daigne m'embrasser, l'autre soir ?

Qu'est-ce qui a changé maintenant ? Que je me sois fâchée contre lui ? Le suis-je encore, d'ailleurs ?

Les derniers passagers s'installent à l'avant de l'avion. Mes mains se crispent sur mon téléphone quand j'aperçois le catogan filasse dépasser d'un des appuie-tête de la première rangée de droite. *Non ! Pas lui !*

Lucas Godard se retourne en souriant – comme s'il avait entendu ma voix intérieure – et lève sa main en mimant le salut militaire. Ça veut dire quoi, ce geste ? Qu'il va jouer les chefs pendant une semaine ? *Aïe…*

J'ai du mal à cacher ma joie. *Ce voyage commence à ressembler à un cadeau empoisonné…*

Ma mission sera de l'éviter le plus possible pendant une semaine, tant pis si je finis par le vexer. Daguain aurait pu me prévenir quand même…

Une bonne heure à rêvasser, cela ne m'était pas arrivé depuis longtemps !

Avec cet ostrogoth de Matthieu, je suis obligée d'avoir des « débriefings » intérieurs autrement je n'y comprends rien de rien.

L'image du puzzle me revient à l'esprit. Je viens aujourd'hui de réunir quelques pièces maîtresses. Cet être étrange me fascine.

Que m'arrive-t-il ? Je n'ai jamais ressenti une chose pareille.

Le fait de penser à lui nuit et jour, de vivre des choses en ne pensant qu'à les lui raconter après. Cette étincelle quand il me regarde… Oui, je l'ai dans la peau, moi aussi.

Brigitte Kerlau semble avoir une telle emprise sur lui. Cela m'effraie presque.

Était-il mal à l'aise avec moi à cause de ce secret ? J'ai du mal à le comprendre…

Est-ce à cause de cela qu'il ne s'est jamais engagé, qu'il ne m'a jamais embrassée ?

Je l'espère, en quelque sorte… Cela voudrait dire qu'il va enfin se comporter normalement.

Le groupe des sacs à dos bleus « World Congress of Neurology » est repérable dès l'entrée de la salle d'embarquement.

De loin, on dirait un regroupement de personnes âgées partant en voyage organisé. Où se trouve la pancarte ou le parapluie levé ?

Je suis sans nul doute la benjamine. Je cherche en vain un collègue de mon âge à qui on aurait aussi proposé de l'or en barre et repère deux brunes qui discutent dans un coin. Elles ont bien une dizaine d'années de plus que moi mais paraissent avenantes avec leurs jeans et leurs baskets. En tout cas, elles sont plus équipées que moi : leurs posters sont bien protégés dans des tubes en plastique qu'elles portent en bandoulière.

Je tiens le mien roulé sous le bras comme une amatrice. Il y a un début à tout. Pourvu qu'il ne pleuve pas !

Alors que je pensais l'avoir suffisamment distancé, Lucas se retourne brusquement vers moi et m'interpelle :

— Tiens, la petite protégée de Daguain ! T'as couché ou quoi pour être invitée à un congrès en premier semestre ?

Il est pris d'un rire gras. J'en avale ma salive de travers. Il peut arrêter d'être con, juste une seconde ? Ce mec a le chic pour vous mettre à l'aise !

Aucune repartie ne me vient, malheureusement. Le docteur « machin-chouette » à sa droite s'esclaffe à son tour. Ce nain aux oreilles en feuilles de chou n'a pas l'air fin, lui non plus. Je lève les yeux au ciel et leur tourne le dos. *Pff…*

Moi qui ne voulais pas me faire remarquer…

Le petit groupe prêt à embarquer paraît bien plus sérieux. Ce sont des pontes à tous les coups. On les reconnaît à leurs costumes et leurs crânes dégarnis. Daguain en aurait sûrement fait partie. Ils ne se mélangent pas.

Leur langage est codé : « Tu stimulerais, toi, dans ce cas-là ? Et à quel voltage ? Tu sais, l'équipe de Lille n'hésite pas, elle, à baisser la fréquence de stimulation quand il y a une instabilité posturale… »

Il y a plus rigolo comme partenaires de voyage. Houlà, une semaine, ça va être long !

Je trouve une banquette à l'écart du groupe quand mon portable retentit : « Chting ».

Le texto de Matthieu me déclenche immédiatement un sourire béat – à la limite du niais – que je ne peux réprimer.

« Tu me manques déjà. » Je le lis et le relis.

Je lui manque déjà…

Ça y est, je le tiens ! J'ai enfin ferré le poisson. Il était temps !

C'est le grand jour aujourd'hui, je vais enfin présenter mon poster.

Cela fait deux jours que je suis à Stockholm et je n'ai encore rien visité. Je ne pense qu'à la présentation. *Enfin presque…*

Je m'entraîne tous les soirs dans ma chambre d'hôtel, debout devant la glace, à répondre aux éventuelles questions.

Le professeur Daguain m'a donné quelques recommandations avant de partir : « Ce n'est pas grave si vous ne savez pas bien parler anglais, l'important c'est de répondre… » *Il est marrant, mais si je n'ai même pas compris la question ?*

« Vous n'avez qu'à préparer des phrases toutes faites. Ils n'y verront que du feu… »

J'ai donc écouté mon mentor et appris par cœur quelques phrases passe-partout. L'essentiel, c'est de paraître sûre de moi.

Les mains en avant, le front bien haut, les yeux dans les yeux. *Yeah !*

« It's a very good question, thank you for asking. »

C'est un bon moyen de gagner du temps et de réfléchir à la réponse…

« My work shows the importance of not too up the doses of dopaminergic agonists… » *Hum, ce n'est peut-être pas du bon anglais… En tout cas, c'est la traduction de Google ! Merci, l'outil linguistique !*

« We did not find significant differences between the various agonists… » *Ouf, pas très envie d'avoir les différents laboratoires sur le dos.*

« Thank you very much, it is very kind of you… » *Ça, c'est au cas où on me félicite… On a le droit de rêver !*

Le stress me met en appétit.

Ça tombe bien, le petit déjeuner en Suède – *frukost,* comme ils disent – est vraiment un moment sacré. Le négliger serait un sacrilège.

Je m'installe à une petite table près de la fenêtre. Le soleil peine à se lever et les clochers de la vieille ville se découpent sur les nuages. *C'est magnifique…*

Je m'apprête à dévaliser une nouvelle fois le stand de *kanelbullar* – ces viennoiseries à la cannelle en forme d'escargot – quand Lucas vient s'asseoir en face de moi.

— Salut. *Ça ne lui viendrait pas à l'idée de me demander la permission avant de s'installer ?*

— Salut. *Rrrr…*

— T'aurais dû venir, hier soir ! On est sortis en boîte avec les Bordelais du groupe… Faut pas les prier, ceux-là, pour faire la fête ! Un petit ricanement contenu ponctue ses phrases. Les Suédoises, qu'est-ce qu'elles sont canon ! Ce n'est pas une légende… Et pas frileuses pour un sou…

— Euh, non… Je suis rentrée après manger. Je présente mon poster aujourd'hui.

Comment lui dire ? Les harengs marinés au petit déjeuner me donnent légèrement envie de vomir…

— Ah oui, c'est vrai… Rappelle-moi l'heure, que je vienne t'embêter…

— Si tu veux répondre aux questions, tu peux venir à onze heures, lui dis-je du tac au tac.

Je peux être sûre qu'il ne va pas se pointer !

— Tu sais que si ton poster est sélectionné, tu vas devoir faire un petit discours dans le grand amphithéâtre… En anglais, bien sûr.

Lucas Godard a un pouvoir exceptionnel : celui de me couper l'appétit.

Je glisse quelques *kanelbullar* dans mon sac et prends congé du cow-boy à l'haleine de hareng en lui mimant à mon tour le salut militaire.

Trop, c'est trop…

Je suis censée faire le pied de grue devant mon poster pendant une heure.

J'ai peur, j'ai peur, j'ai peur. Ça va être long, une heure.

Pour une fois, je n'ai pas du tout envie de me distinguer et d'être la première de la classe. Je ne me sens pas du tout à ma place. Peut-être dans quelques années quand j'aurai un peu plus d'expérience.

Si je m'éclipse aux toilettes toutes les quinze minutes – admettons que j'y reste cinq minutes –, cela réduit le temps des éventuelles questions à quarante-cinq minutes. C'est déjà ça de gagné.

Dans le wagon du train qui m'amène au palais des Congrès, je me retrouve assise à côté d'un groupe de sacs à dos bleus. Ce sont des Américains, leur accent est incompréhensible.

Ils parlent trop vite, trop fort. *« Slowly please. » J'ai peur, j'ai peur, j'ai peur.*

La salle des posters est immense, un peu comme un hall de gare. Cela me rassure, il y a de la concurrence. Ce ne serait vraiment pas de chance d'obtenir un prix…

Je slalome entre les panneaux d'affichage et trouve sans trop de difficulté l'emplacement 445 au milieu de la rangée F.

Le collègue à ma gauche, dressé sur la pointe des pieds, est en train de punaiser son poster. Si j'en crois le logo en haut à gauche, il vient d'Atlanta.

Il ne doit pas être beaucoup plus vieux que moi, mais le costume et la cravate le vieillissent énormément. Mince, le professeur Daguain ne m'avait pas prévenue qu'il fallait s'habiller…

Une lueur d'espoir me vient : quand ils vont me voir en jean et baskets, ils ne penseront pas que j'ai écrit quoi que ce soit et n'oseront rien me demander.

« Chting ».

« Bon courage pour ton poster, je pense à toi. » Matthieu n'en finit pas de m'étonner. Il est télépathe ou quoi ?

Je n'ai pas encore répondu à ses messages depuis mon départ, à part bien sûr mon énigmatique « ? ». Cela ne sert à rien de le faire mariner plus longtemps.

Je me prends en photo devant mon chef-d'œuvre en levant le pouce et lui envoie le cliché. « Vvouu ».

Je l'imagine sourire à des milliers de kilomètres.

Bon, ça y est, ça commence.

« Top chrono ! » Allez, dans quinze minutes je vais aux toilettes.

Une dizaine de personnes apparaissent au bout de l'allée. Ils s'arrêtent devant chaque poster et ne semblent pas avares de commentaires. Mince alors ! Ils ont un look d'Américains !

Encore trois posters et c'est à moi.

Oh là là, je vais rougir comme une tomate si je réponds à côté de la plaque. « My work shows the importance of… »

Machinalement, je sors mon portable de mon sac et fais mine d'écrire quelque chose, ça me donne une contenance. Ne surtout pas capter leur regard, sinon ils vont me parler.

Le groupe reste à peine quelques secondes devant moi, je ne suis même pas sûre qu'ils aient pris la peine de lire le titre, et passent au suivant. Comment ça ? C'est inintéressant ?

Par contre, avec le voisin, ce n'est pas le même accueil.

Les embrassades n'en finissent plus, les « hugs » à l'américaine. Et ils se tapent dans le dos ! Et ils se congratulent ! Ce n'est pas si mal au fond d'avoir un voisin qui attire les visiteurs…

Bon, j'ai eu trop d'émotions et je vais aller me rincer le visage aux toilettes.

Habile manière d'esquiver le groupe de Japonais qui s'approche dangereusement de moi.

Finalement, grâce à mon petit jeu, une seule personne a osé venir me parler.

J'ai le mérite de l'avoir comprise mais la question était complètement idiote : « Are you payed by the pharmaceutic industry for this work ? » *Non mais, il croit quoi l'Italien ?*

« Oh no ! Absolutely not. »

Encore une minute et je ne suis plus censée répondre aux questions.

« 60-59-58… » Dans ma tête le compte à rebours a commencé. « … 3-2-1-0. »

Ouf, je respire ! Mon poster restera exposé jusqu'à dix-huit heures et ils peuvent tous venir le regarder maintenant. Il vaut vraiment le coup d'œil !

J'ai mis de la couleur, des tableaux, des graphiques…

Je me sens légère comme après un examen. Ça, c'est fait !

Hors de question de manger un sandwich devant les posters ! Il paraît qu'il y a des petits cafés sympathiques dans la vieille ville. Quartier Gamla Stan sur mon plan.

Un orchestre de musique classique attire mon attention, place Stortorget.

Les maisons de couleur en face de moi ont des pignons crénelés. On dirait un décor en carton-pâte, tellement tout est propre et parfaitement restauré. Je m'installe à une terrasse sous une chauffeuse à gaz et me laisse envelopper par le vibrato des violons.

« Chting ».

« Ça s'est bien passé ? Ils ont été impressionnés par tes analyses statistiques ? »

Je prends en photo mon assiette de saumon mariné avec le musée Nobel en arrière-plan.

« Oui, je fête ça ! »

« Vvouu ».

Les jours suivants, je profite des pauses-déjeuners pour aller me balader. L'île de Skeppsholmen est sans conteste mon coup de cœur.

On y accède par le pont aux couronnes face au musée national. La vieille ville se reflète dans l'eau avec son imposant château royal et sa cathédrale dite « Storkyrkan ».

J'ai repéré un vieux gréement accosté sur le quai en face du musée d'Art moderne.

C'est drôle, il a été transformé en auberge de jeunesse. Les cabines font office de chambres et un bar a été construit au milieu du pont. Je retrouve bien l'esprit suédois, inventif et chaleureux.

La tentation est trop grande ! Chaque midi, je m'allonge sur un des transats du pont avant avec mon café fumant. L'air froid ne semble pas gêner les Suédois qui se dorent au soleil.

Quelle ville romantique ! J'aimerais bien y revenir. Avec Matthieu ? Je n'arrive pas à me l'enlever de la tête, celui-là. Il m'a envoûtée.

« Je suis sur un trois-mâts dans la rade de Stockholm… Je pense à toi. » « Vvouu ».

C’est peut-être un peu trop explicite, mais tant pis. Il me manque tellement.

« Chting ». « C’est bien les congrès, à ce que je vois ! J’aimerais être avec toi et partir en croisière sur la mer Baltique jusqu’à Saint-Pétersbourg… »

Je ne sens plus le froid tout à coup. C’est bizarre !

24

Dans le carré central

Le professeur Daguain m'a vraiment donné une chance extraordinaire de vivre cette expérience. Ou devrais-je plutôt dire sa femme ?

Je lui apporte d'ailleurs dans ma valise un sachet de *kanelbullar*. J'ai dévalisé le rayon, il y en aura pour tout le monde. Même Matthieu aura son paquet…

En regardant les différents posters provenant du monde entier, j'ai réalisé à quel point la neurologie était tournée vers la recherche.

Je la pratiquerai sans doute différemment dans vingt ans, à l'heure de la thérapie génique. Les méthodes de stimulation auront sans doute évolué.

Peut-être saurons-nous un jour guérir les maladies de Creutzfeldt-Jakob, de Charcot, d'Alzheimer. Je l'espère.

Je crois que j'ai fait le bon choix. Cette spécialité est en perpétuelle évolution et je trouve cela passionnant. J'aurai toujours des choses à apprendre, des articles à lire et, je l'espère, des congrès à l'autre bout du monde.

Je reviens encore plus motivée. Comme quoi, ce n'était pas une légende, son or en barre…

La pluie torrentielle s'abat sur le tarmac. Je regarde avec inquiétude les drapeaux de l'aéroport d'Orly s'agiter sous les bourrasques de vent. Ça donne quoi, une tempête en avion ?

J'avoue que mon expérience est limitée. Si cela ressemble aux manèges de la fête foraine, mon déjeuner va vite ressortir.

Je mets de côté le sachet de cookies acheté en duty free et choisis de rester à jeun pour le moment, c'est plus sûr. Pas la peine d'angoisser à l'avance, il va bien falloir que je rentre à Brest.

Un petit bruit dans mon sac me coupe dans mes réflexions.

« Chting ». Chouette, un texto. J'adore ce mode de communication depuis une semaine. « Marie-Lou, quand rentres-tu ? »

« Chting ». Un autre message arrive tout de suite après et je vois apparaître une photo sur l'écran : un beau voilier à coque rouge.

« Mon bateau… Ponton M. Je t'y attends. »

C'est, de loin, le plus beau message qu'il m'ait envoyé. Est-il en train de me faire une place dans sa vie ? Le jeu du chat et de la souris est-il enfin fini ? Pour de bon ?

Notre relation a plus progressé en une semaine que pendant les six derniers mois. Vive la correspondance par textos !

Je ne sais pas si c'est la fatigue ou le stress de monter dans l'avion, mais l'émotion me donne envie de pleurer. Heureusement que je ne connais personne dans cette salle d'embarquement, Lucas m'a fait le plaisir de rentrer la veille.

Les larmes se mettent à ruisseler sur mes joues. Une vraie Madeleine ! À quoi bon les essuyer ? Je suis déjà dans les nuages à des kilomètres d'altitude…

Que vais-je lui répondre ? Cette semaine à Stockholm m'a permis de prendre du recul. Je n'arrête pas de repenser à Brigitte Kerlau et à sa maladie de Parkinson.

Sa vie bouleversée, si jeune. J'espère que la stimulation cérébrale va être un soulagement, un renouveau en quelque sorte. Pour Matthieu aussi. Mais pour combien de temps ?

Qu'a-t-il enduré pendant toutes ces années ? Depuis ses quinze ans…

S'est-il donné le droit à un peu d'insouciance ? Il a dû grandir trop vite… Cela explique beaucoup de choses. C'est ça, la clé… Que puis-je lui répondre ?

« Magnifique, ton bateau… Je rentre ce soir. » « Vvouu ».

La pluie vient fouetter le hublot, c'est la tempête à Brest aussi. Je n'ai jamais autant pris conscience du vent qu'en habitant dans le Finistère. Ça fait partie du décor.

Je me retrouve devant *le Cargo* avec ma petite valise à roulettes.

En sortant de l'aéroport, je suis entrée dans un taxi et ai demandé le port du Moulin-Blanc sans même réfléchir.

La pluie tombe à verse, mon bonnet est déjà complètement trempé et mes cheveux dégoulinent. Je recroqueville mon menton dans le col de mon ciré.

Et si je renonçais ? L'idée de me retrouver de nouveau face à Matthieu me terrifie.

Comment va-t-il m'accueillir ? Comment vais-je réagir ? Il a vraiment l'art de me faire douter de moi en permanence. L'image du fil au-dessus d'un précipice me revient.

J'ai tellement envie de le voir pourtant… De le serrer dans mes bras.

Je n'ai pas bougé d'un centimètre depuis que le taxi est parti.

Les lumières du bar derrière moi viennent de s'éteindre, il doit fermer plus tôt, le dimanche soir.

Je me retrouve seule dans le noir sans savoir quelle décision prendre.

Le port de plaisance du Moulin-Blanc se dresse devant moi et me paraît immense. Un vrai labyrinthe. J'ai du mal à distinguer les lettres des pontons sous la lumière jaunâtre des réverbères.

Il m'a parlé du ponton « M » comme Matthieu… Je suis devant le « A » comme « abandonne » ou comme « avance ». À moi de voir…

Le « M » se trouve tout au bout du quai, sur la gauche. C'est le dernier apparemment, le plus proche de la plage. Il veut tester ma résistance…

Pas de place pour le « N » comme « n'y va pas », ni pour le « O » comme « oublie ». C'est un signe, je me raccroche à ce que je peux…

Une fois sur le quai, la pluie me gifle le visage de plus belle, je me penche en avant pour diminuer la prise au vent et manque de tomber à la renverse à chaque bourrasque.

Quand j'arrive à la lettre «M», mon jean et moi ne faisons plus qu'un. On croirait que je suis tombée dans l'eau tout habillée. Sans parler de mes bottines absolument perméables dans lesquelles mes pieds flottent !

Splash, splash... Suis-je vraiment présentable ?

Je fais rouler ma valise sur le ponton de bois, le bruit des drisses venant claquer contre les haubans est assourdissant.

Je ne m'attendais pas à autant de bateaux, il y en a bien une cinquantaine ! Lequel est-ce ? J'élimine d'emblée ceux de pêche-promenade et les zodiacs.

Des voiliers à coque rouge, il ne doit pas y en avoir des tonnes...

Il me semble apercevoir une petite tête poilue sortir d'une trappe sur le pont d'un voilier, un peu plus loin sur la droite.

Écume ! Il me regarde quelques secondes, perplexe, les oreilles dressées ; puis saute d'un bond sur le pont en aboyant.

La tête de Matthieu apparaît à son tour, ses mèches sautent au vent et barrent son visage. J'ai le temps de voir ses yeux étonnés qui brillent dans la nuit.

Peut-être même l'ombre d'un sourire, mais je n'en suis pas sûre. Il faut dire que j'ai l'air pitoyable dans cet état !

Le beau marin, toujours en tongs et en short, me rejoint sur le ponton. Écume continue à faire des bonds à ses pieds en nous éclaboussant.

— Tu es venue à vélo ?

— Non, dis-je en grelottant. J'ai pris un taxi. À force d'avoir dormi dans un palace, j'ai des goûts de luxe maintenant...

Il soulève ma valise et m'attrape le bras pour m'aider à grimper sur le pont du bateau.

— Je suis content que tu sois venue, Marie-Lou. *Ça glisse, je m'agrippe à lui. Une vraie empotée !* Viens, je vais te faire visiter mon palace à moi.

Il me fait descendre à l'échelle en me guidant.

Je sens son nez dans mes cheveux et son souffle chaud sur ma nuque.

Quand je me retourne, il tient toujours l'échelle dans ses mains et se retrouve collé contre moi.

Difficile de soutenir ce regard pénétrant. J'ai du mal à comprendre ce qui a changé et finis par baisser les yeux.

Il fait si chaud ici ! C'est plutôt une bonne surprise.

Il abaisse doucement la tirette de la fermeture éclair de mon ciré et le dépose, trempé, sur un des barreaux de l'échelle.

Le carré central paraît minuscule, Matthieu a presque la tête qui touche le plafond.

J'enlève mon bonnet et l'essore dans l'évier à ma gauche. Écume suit tous mes déplacements en quémandant une caresse. Il est légèrement collant, celui-là.

En me retournant, un cadre posé au-dessus de la banquette en skaï blanche attire mon attention. Je reconnais la silhouette d'Écume, avachi sur ma couette, et me souviens que je n'avais pas eu le temps de terminer ce dessin. Les traits de fusain s'évanouissent à droite de la feuille.

— Je l'adore, me confie Matthieu d'un air attendri. Il traînait sur la table du salon… *Je lui souris.* Regarde-toi ! Il n'y a pas que ton bonnet à essorer…

Une flaque d'eau s'est formée à mes pieds et Écume la disperse avec joie dans toute la pièce. Un peu gênée, j'enlève mes bottines et mes chaussettes. Les yeux perçants de mon hôte descendent vers mon jean dégoulinant.

— Enlève aussi ton pantalon, m'ordonne-t-il.

— Hors contexte, j'aurais pu trouver ta demande complètement déplacée, lui dis-je, feignant d'être offusquée.

— Attention, je suis à deux doigts d'être « hors contexte » ! me crie-t-il en se dirigeant vers la chambre à l'avant du bateau.

Il revient avec un pantalon de survêtement.

— Tiens ! Tu risques de nager dedans, mais au moins, il est sec.

Enlever mon jean est une autre paire de manches... Il est littéralement ventousé à mes cuisses. En le roulant peu à peu vers le bas, il reste coincé au niveau des genoux. Je manque de tomber. Il y a plus sexy comme strip-tease ! Matthieu m'assoit sur la banquette et commence à tirer le jean vers lui.

Quand le tissu lui vient brusquement dans les mains, on tombe tous les deux à la renverse. Assis par terre face à face, Écume en profite pour nous lécher le visage à tour de rôle. *Beurk !* Matthieu éclate de rire.

— Tu es sûre que tu ne veux pas rester en petite culotte ? me nargue-t-il en me regardant enfiler son pantalon. J'adore le modèle coton de chez Petit Bateau...

— Très drôle... Pourquoi ? Ça te change des strings en dentelle de Barbara ?

Je regrette tout de suite ce que j'ai dit, son regard s'assombrit.

— Touché, bredouille-t-il.

Je m'approche de lui, son pantalon de jogging me tombe sur les hanches.

— Excuse-moi, finis-je par murmurer en posant mes mains sur sa poitrine. Il me caresse doucement les cheveux. C'est un piège à filles, ton bateau, « Docteur belles oreilles » ?

Il enfouit son nez dans le creux de mon cou.

— Je ne piège que toi…

Je relève doucement sa tête, j'ai envie de le regarder de nouveau, si intensément.

Qu'est-ce qui a changé ? Je n'avais jamais remarqué cette couleur bleu foncé qui rayonne autour de ses pupilles. Le calme après la tempête… C'est sûrement ça !

Je viens coller mon ventre au sien, je sens son sexe gonflé sur le mien.

À son tour, il m'attrape le visage de ses grandes mains chaudes, ses lèvres effleurent les miennes et me caressent. Il attend patiemment que je les entrouvre.

— Je suis piégée alors…, dis-je dans un soupir. Je m'abandonne.

Sa main descend doucement jusqu'à mes fesses et fait glisser le pantalon jusqu'à mes chevilles. Il me presse de plus en plus contre lui, je le laisse faire et me cambre sous ses caresses. Je ne l'ai jamais autant désiré.

Matthieu m'entraîne vers l'avant du bateau à travers une minuscule porte. Il doit se plier en deux et laisse sa main sur ma nuque pour éviter que je ne me cogne.

Lorsqu'il referme la porte derrière nous, j'aperçois les oreilles basses d'Écume. *Désolée, tu n'es pas convié pour une fois.*

Cette chambre se résume en fait à un lit triangulaire avec des étagères longeant le plafond des deux côtés. Qui a parlé de piège à filles ?

L'objet de tous mes désirs déboutonne ma chemise sans cesser de me mordiller le cou.

Ses gestes sont doux et assurés quand il me déshabille. Mais comment a-t-il appris à décrocher un soutien-gorge aussi rapidement ? Je préfère ne pas le savoir.

Je me réveille nue en position fœtale, le corps chaud de Matthieu enroulé autour de moi.

Je ne peux et ne veux plus bouger.

Je sens à sa respiration qu'il est réveillé lui aussi, ses yeux clignent doucement et me chatouillent le cou.

J'aimerais que tout soit simple à présent entre nous, mais je sais pertinemment que je ne vais pas le changer du jour au lendemain…

Il va falloir que je lui laisse du temps et de l'espace. Je finirai bien un jour par l'apprivoiser.

On a déjà pas mal avancé…

Il se pose plein de questions en ce moment, j'en suis sûre.

Je tourne légèrement la tête et lui souffle à l'oreille :

— Pas de plan sur la comète, p'tit marin. Ne panique pas… Je t'aime.

REMERCIEMENTS

Ce premier roman est né entre deux consultations. Ce petit temps de coupure où l'on doit oublier ce que l'on vient d'entendre et se rendre disponible pour une autre histoire, un autre univers. Cette petite parenthèse où l'esprit s'évade un court instant.

C'est à ce moment précis que Marie-Lou est entrée dans mon imaginaire pour ne plus en sortir.

Vous l'aurez compris, ce roman n'est pas autobiographique, mais je me suis nourrie des différentes expériences que j'ai vécues en tant que médecin.

L'hôpital est un vivier propice à l'écriture : nous rencontrons une multitude de gens et sommes amenés à entrer très rapidement dans leur intimité. C'est particulièrement vrai en neurologie où nous sommes confrontés au handicap et aux bouleversements que cela engendre.

Chers patients, c'est avant tout à vous et à vos familles que je pense, et je vous dédie ce livre. J'admire votre courage à toute épreuve. Vos parcours, vos histoires de vie m'apprennent chaque jour un peu plus et il n'y a pas un matin où je regrette d'avoir choisi ce métier.

Je tiens à préciser que tous les personnages sont le fruit de mon imagination. Je pense notamment aux médecins, internes, soignants de l'hôpital de la Cavale Blanche.

Ils sont bien sûr inspirés de personnes réelles que j'ai croisées durant ces dernières années, dans d'autres lieux et d'autres circonstances… Merci à vous, avec toute mon affection et ma considération.

Je remercie également le service de neurologie dans lequel je travaille, cette grande famille si soudée, pleine d'humanité. Je suis fière de travailler avec vous.

Merci à ma famille et mes amis.

Pierrick, comment as-tu fait pour me supporter, cramponnée à mon ordinateur pendant ces longues soirées d'hiver ?

Merci Ève pour ta relecture et tes corrections précieuses, Aurélie et Olivier pour vos conseils avisés, Laurent pour tes critiques constructives, Marie-Dominique, Catherine, Katia, Françoise et tous les autres…

Merci Stéphane pour la belle couverture sur Internet et Sophie d'avoir revêtu ta blouse blanche sous les projecteurs.

Merci à Éric Bergaglia et son équipe de m'avoir permis de vous rencontrer, mes premiers lecteurs. Jamais je n'aurais imaginé une seule seconde la déferlante qui suivrait, la magie du bouche à oreille… Vos commentaires et vos e-mails m'ont beaucoup touchée et me poussent à continuer.

Merci à toute l'équipe d'Albin Michel et tout particulièrement à Francis Esménard, Richard Ducousset et Lina, de m'avoir prise sous son aile et de m'accorder sa confiance. Je vous redis ma fierté et ma joie d'intégrer votre belle maison. C'est juste un rêve.

Enfin, merci à vous, lecteurs. J'attends avec impatience vos retours. Tout ça, c'est grâce à vous !

Pour contacter l'auteure :
sophietalmen@yahoo.fr

Du même auteur :

ENTRE MES DOIGTS COULE LE SABLE, Albin Michel, 2017.

PAPIER À BASE DE FIBRES CERTIFIÉES

Le Livre de Poche s'engage pour l'environnement en réduisant l'empreinte carbone de ses livres. Celle de cet exemplaire est de :
300 g éq. CO_2
Rendez-vous sur www.livredepoche-durable.fr

Composition réalisée par Lumina Datamatics

Achevé d'imprimer en juillet 2017, en France sur Presse Offset par
Maury Imprimeur – 45330 Malesherbes
N° d'imprimeur : 219932
Dépôt légal 1re publication : mai 2017
Édition 05 – juillet 2017
LIBRAIRIE GÉNÉRALE FRANÇAISE – 21, rue du Montparnasse – 75298 Paris Cedex 06

57/4845/6